U0730584

唐宋八大家

大块文章

张　健————编撰

九州出版社
JIUZHOUPRESS

图书在版编目（CIP）数据

唐宋八大家：大块文章 / 张健编著. -- 北京：九州出版社，2018.12

ISBN 978-7-5108-7820-6

Ⅰ．①唐… Ⅱ．①张… Ⅲ．①唐宋八大家－古典散文－散文集 Ⅳ．①I264.2

中国版本图书馆CIP数据核字（2019）第004184号

唐宋八大家：大块文章

作　　者	张　健
责任编辑	张艳玲
出版发行	九州出版社
地　　址	北京市西城区阜外大街甲 35 号（100037）
发行电话	(010)68992190/3/5/6
网　　址	www.jiuzhoupress.com
电子信箱	jiuzhou@jiuzhoupress.com
印　　刷	三河市兴博印务有限公司
开　　本	787 毫米×1092 毫米　32 开
印　　张	8.75
字　　数	170 千字
版　　次	2019 年 11 月第 1 版
印　　次	2019 年 11 月第 1 次印刷
书　　号	ISBN 978-7-5108-7820-6
定　　价	48.00 元

用经典滋养灵魂

龚鹏程

每个民族都有它自己的经典。经，指其所载之内容足以做为后世的纲维；典，谓其可为典范。因此它常被视为一切知识、价值观、世界观的依据或来源。早期只典守在神巫和大僚手上，后来则成为该民族累世传习、讽诵不辍的基本典籍。或称核心典籍，甚至是"圣书"。

佛经、圣经、古兰经等都是如此，中国也不例外。文化总体上的经典是六经：《诗》《书》《礼》《乐》《易》《春秋》。依此而发展出来的各个学门或学派，另有其专业上的经典，如墨家有其《墨经》。老子后学也将其书视为经，战国时便开始有人替它作传、作解。兵家则有其《武经七书》。算家亦有《周髀算经》等所谓《算经十书》。流衍所及，竟至喝酒有《酒经》，饮茶有《茶经》，下棋有《弈经》，相鹤相马相牛亦皆有经。此类支流稗末，固然不能与六经相比肩，但它各自代表了在它那一个领域中的核心知识地位，却是很显然的。

我国历代教育和社会文化，就是以六经为基础来发展的。直到清末废科举、立学堂以后才产生剧变。但当时新设的学堂虽仿洋制，却仍保留了读经课程，以示根本未隳。辛亥革命后，蔡元培担任教育总长才开始废除读经。接着，他主持北京大学时出现的"新文化运动"更进一步发起对传统文化的攻击。趋势竟由废弃文言，提倡白话文学，一直走到深入的反传统中去。论调越来越激烈，行动越来越鲁莽。

台湾的教育、政治发展和社会文化意识，其实也一直以延续五四精神自居，以自由、民主、科学为号召。故其反传统气氛，及其体现于教育结构中者，与当时大陆不过程度略异而已，仅是社会中还遗存着若干传统社会的礼俗及观念罢了。后来，台湾朝野才惕然憬醒，开始提倡"文化复兴运动"，在学校课程中增加了经典的内容。但不叫读经，乃是摘选《四书》为《中国文化基本教材》，以为补充。另成立文化复兴委员会，开始做经典的白话注释，向社会推广。

文化复兴运动之功过，诚乎难言，此处也不必细说，总之是虽调整了西化的方向及反传统的势能，但对社会普遍民众的文化意识，还没能起到警醒的作用；了解传统、阅读经典，也还没成为风气或行动。

二十世纪七十年代后期，高信疆、柯元馨夫妇接掌了当时台湾第一大报中国时报的副刊与出版社编务，针对这个现象，遂策划了《中国历代经典宝库》这一大套书。精选影响国人最为深远的典籍，包括了六经及诸子、文艺各领域的经典，遍邀名家为之疏解，并附录原文以供参照，一时朝野震动，风气丕变。

其所以震动社会，原因一是典籍选得精切。不蔓不枝，能体现传统文化的基本匡廓。二是体例确实。经典篇幅广狭不一、深浅悬隔，如《资治通鉴》那么庞大，《尚书》那么深奥，它们跟小说戏曲是截然不同的。如何在一套书里，用类似的体例来处理，很可以看出编辑人的功力。三是作者群涵盖了几乎全台湾的学术菁英，群策群力，全面动员。这也是过去所没有的。四，编审严格。大部丛书，作者庞杂，集稿统稿就十分重要，否则便会出现良莠不齐之现象。这套书虽广征名家撰作，但在审定正讹、统一文字风格方面，确乎花了极大气力。再加上撰稿人都把这套书当成是写给自己子弟看的传家宝，写得特别矜慎，成绩当然非其他的书所能比。五，当时高信疆夫妇利用报社传播之便，将出版与报纸媒体做了最好、最彻底的结合，使得这套书成了家喻户晓、众所翘盼的文化甘霖，人人都想一沾法雨。六，当时出版采用豪华的小牛皮烫金装帧，精美大方，辅以雕花木柜。虽所费不赀，却是经济刚刚腾飞时一个中产家庭最好的文化陈设，书香家庭的想象，由此开始落实。许多家庭乃因买进这套书，而仿佛种下了诗礼传家的根。

高先生综理编务，辅佐实际的是周安托兄。两君都是诗人，且侠情肝胆照人。中华文化复起、国魂再振、民气方舒，则是他们的理想，因此编这套书，似乎就是一场织梦之旅，号称传承经典，实则意拟宏开未来。

我很幸运，也曾参与到这一场歌唱青春的行列中，去贡献微末。先是与林明峪共同参与黄庆萱老师改写《西游记》的工作，继而再协助安托统稿，推敲是非、斟酌文辞。对整套书说不上有什么助益，自己倒是收获良多。

书成之后，好评如潮，数十年来一再改版翻印，直到现在。经典常读常新，当时对经典的现代解读目前也仍未过时，依旧在散光发热，滋养民族新一代的灵魂。只不过光阴毕竟可畏，安托与信疆俱已逝去，来不及看到他们播下的种子继续发芽生长了。

当年参与这套书的人很多，我仅是其中一员小将。聊述战场，回思天宝，所见不过如此，其实说不清楚它的实况。但这个小侧写，或许有助于今日阅读这套书的大陆青年理解该书的价值与出版经纬，是为序。

八大文豪映古今

张健

前言

中国人喜欢数字，有时以数字卜吉凶，有时用数字玩游戏，有时借数字布列历史事实和历史人物。比如："七星""八卦""三皇五帝""四维八德""春秋五霸""战国七雄""八王之乱""建安七子""竹林七贤""竟陵八友""醉中八仙""竹溪六逸""五虎将""前后七子""诗坛三李""词坛三李""一百零八将""十八罗汉""八大金刚""九流十家""五代十国"等。

唐宋八大家也是其中之一。可是比起"建安七子""前后七子"等，它有一点很特殊的地方，就是它所包涵的八位文学家，实际上是跨越两个朝代——唐代和宋代的，中间还隔了一个五代。其中最早的一位是韩愈，生于公元 768 年，最晚的一位是苏辙，死于公元 1112 年，相距三个多世纪。这样的"组合"可说是空前绝后的了，他们共同创造了唐宋文学史上最辉煌的一页。

这八位大家当中，韩愈、柳宗元、欧阳修、王安石、苏轼和苏辙，都是能诗能文、多才多艺的高手，欧阳修和苏轼的词也写得很出色。苏洵、曾巩写的诗较少，这不是他们所擅长的。

韩愈

韩愈是唐宋八大家中的领衔大师，以名声而论，八大家里大概只有宋代的苏轼可以和他比美（王安石加上他的政治上的成就，也可以和他并肩）。

他的为人，有几点可以陈述：

一、做事认真。

二、一心为国为民效劳。

三、喜欢提拔奖掖后辈。

四、个性耿直、敢说话、敢直谏。

五、有时心胸稍嫌狭窄，不跟他同道的他便不太能宽容包涵。

他的文章也有几个特色：

一、气势磅礴，有一往直前之概。

二、条理清晰，结构谨严。

三、变化多端，体裁多样化。

四、平中有奇，亦有奇中见平者。

五、雄峻高明，不作俗调。

六、能大能小，长文二三千字，短文数十字，各自成一格调。

他的诗歌也是古今公认的大家之作，富有独创性，而且喜欢采用散文的句法，题材也很广泛，已经开启宋诗的风格和作法。

柳宗元

柳宗元是和韩愈同时提倡古文运动的大家，他的主要文学主张是"文以明道"，和韩愈"文以载道"大同小异，相映成趣。

柳宗元的为人大致是这样的：

一、为人耿直，富有正义感。

二、做事认真，一心为国为民。

三、爱好大自然，喜欢游山玩水并形诸笔墨，继郦道元后开辟中国山水小品一路。

四、性情稍许有些孤僻。

他的散文则有以下几个特色：

一、"雄深雅健"：这是韩愈对他的赞词。雄是雄浑，深是深刻，雅是优雅，健是豪健。老实说，写文章能写到这四字兼备，是很不容易的，司马迁、韩愈也能做到。

二、擅长游记、寓言和人物写照。

三、游记细腻而丰富、精彩美妙，偶尔运用曲笔，包蕴若干言外之意。

四、寓言和人物描写妙趣横生，比韩愈的同类文字更活泼些。

欧阳修

欧阳修是北宋文坛的领袖，唐宋八大家中宋代占了六人，除欧阳修本人外，其他五人都曾受到他的提拔、栽培和鼓励。

欧阳修的个性是这样的：

一、为人方正平稳。

二、有正义感，敢直言。

三、心胸开阔，能容人、能恕人。待人随和亲切，这是他比韩愈高明的地方。

四、浪漫潇洒，也爱游山玩水。

他的文章有以下几个特色：

一、自由挥洒，自成格局。

二、以婉约为本色，偶有豪迈之气贯穿其间。

三、直抒胸臆，很少说教（如韩愈便常说教）。

四、有时写一篇文章，完成后还不断修改。

他的诗虽也不错，但模仿前人处不少，比较缺乏独特的创意和风格，所以后人对他的诗评价不高。

王安石

王安石是一代文豪，也是一代名相。他的政治家地位，在近代不断升高，梁启超更誉之为中国六大政治家之一，他在文学史上的地位则始终坚确不移。

王安石的为人是这样的：

一、个性倔强骄傲，从不服输。

二、聪明过人，勤奋亦过人。

三、喜欢疑古变古。

四、不修边幅，甚至不讲卫生。

五、性子急躁，有时因而误事。

他的文章，有以下三个特色：

一、简洁清晰。

二、内容厚实，不发虚语。

三、时有孤峭的特色，读之如面对悬崖绝壁，令人肃然耸然。

他的诗也很精彩，晚年尤其成熟，深沉委婉，常有深刻的言外之意。

苏洵

苏洵是所谓"三苏"中的老苏，二十七岁才开始用功读书，精心研究古今典籍，为文老成，是大器晚成的一大典型人物。

苏洵的个性大致是这样的：

一、认真执着。

二、疾恶如仇。

三、一下定决心，便全力以赴。

四、进退有道，有分寸。

他的文章有以下几个特色：

一、非常刚强有力，受《战国策》和《史记》的影响最大。

二、很讲究方法和结构，十分谨严。

三、有笔力，有主见。

四、偶出洒脱之笔，和欧阳修的温婉文字形成一个有趣的对比。

五、议论文尤其杰出，他的代表作都是讨论历史和当代政治、军事的。

曾巩

曾巩是欧阳修的入室弟子，他跟王安石是老朋友，但对王安石的批评也很中肯，说安石的缺点是"吝啬"——吝于改过。

曾巩的为人是这样的：

一、正直不阿。

二、认真踏实而平易近人。

三、富于批判力，不徇私情。

四、孝顺父母，友爱兄弟，对朋友讲道义、重信用。

他的古文有五个特色：

一、善于说理，鞭辟入心。

二、文字精警踏实。

三、结构谨严，往往无懈可击。

四、气势壮盛，仅次于韩、苏。

五、简洁不赘，含蓄不夸。

苏轼

苏轼是宋代首屈一指的文学大师，不论古文、诗、赋、词各种文体，他都非常擅长，佳作迭出，灵感如泉如潮。

他的为人是这样的：

一、胸襟阔大，无所不容。

二、气度宽容，生性潇洒脱俗。

三、能摆脱世俗，不为得失所困扰。

四、爱好大自然，酷喜游山玩水。

五、爱国爱民。

他的文章有以下的特点：

一、豪放旷达。

二、自有法度：行所当行，止所当止。

三、波澜起伏，变化莫测，读来爽神。

四、文中议论精彩独特，往往发人之所未尝发。

五、兼受《庄子》《战国策》的影响。

他的诗有四千多首，居北宋之首，题材宽、才气富，但偶然有过于奔放直率、不够含蓄的弊病。他的词更为深刻隽永。

苏辙

苏辙是苏洵的三子，苏轼的弟弟。他和东坡的兄弟之情，常人难以比匹。

苏辙的为人，有以下三个特色：

一、为人诚恳谨慎，如果说苏轼是 B 型人，苏辙很可能是 A 型人。

二、有骨气，颇有正义感。

三、有主见，但也不难沟通。

苏辙的文章有以下四个特色：

一、气势高妙，不同凡响。

二、阴柔中含有阳刚之气。

三、议论温和而中肯。

四、受《论语》、《孟子》、韩愈古文的影响颇大。

目　录

第一章　韩愈文选

韩愈生于唐代宗大历三年（768），是唐宋八大家中的第一位，他的影响力也是八个人里最大的一位。根据宋朝大学者朱熹的说法，他是河南南阳人（旧说是河南修武县人）。因为他的祖先从后魏开始就住在昌黎（现在的河北保定市徐水区内），所以后人也把他当作昌黎人。

韩愈的祖父、父亲都做过官，不幸他三岁的时候，父亲便去世了，他的母亲可能改嫁了，韩愈由大哥韩会和大嫂郑氏教养成人。

韩愈从小用功读书，既博又精，唐德宗贞元八年（792），他考中了进士。因为胸怀大志，他一再地向宰相上书，希望能重用他，但是都没有什么结果。

一直到贞元十二年，他才获得前宰相董晋的赏识，保荐他做汴州（现在的河南开封市）观察推官，此后他还做过四门博士、监察御史等。

但是韩愈年轻气盛，直言无隐，上书陈述宫市（宫中太监们做买卖的市场）的流弊，又请求宽减老百姓的赋税，免缴田租，检举大官豪吏的不法行为等，不但触犯了当权的人，也使皇帝很不高兴，于是把他贬做山阳令（现在的河南修武县西北）。尽管降了级，韩愈还是努力地工作，为老百姓做了许多事。

后来又升迁到考功郎中，因为才高气盛，遭人妒忌，再贬为国子博士（相当于大学教授），他就在这个时候写了一篇《进学解》，引圣贤也有不得意时的事实来比喻自己。唐宪宗读了，不久就升了他的官，一直做到中书舍人、知制诰。

宪宗元和十二年（817），韩愈正好五十岁，他奉命跟随宰相裴度去讨伐淮西节度使吴元义，并宣慰淮西一带军民。他的官衔是行军司马，他的见解和口才使他立下了大功，安抚了地方百姓，因而擢升刑部侍郎。

元和十四年，宪宗决定派人到陕西凤翔去迎接佛骨入宫供奉，使佛教的势力更加扩张。韩愈觉得这不是什么好现象，就向皇帝上了一道《谏迎佛骨表》。皇帝大怒，差点把他处死，最后总算免他一死，贬他做潮州刺史。

潮州（现在广东潮州市潮安区）在当时是一个很偏僻落后的地方，一般人民的知识浅陋，识字的很少。韩愈特地亲自编写《三字经》来教百姓（这种《三字经》早已失传，不是后来私塾里教念的《三字经》），他对地方上各方面的问题，都尽力改善或解决。

不到一年，他又被政府调到袁州（现在的江西宜春市）做刺史。他在那儿深入民间访问，了解民生疾苦，革除了不少坏风气，譬如取消因为积欠官府钱粮而以儿女抵押为奴隶的陋规，使百姓生活都能安和乐利。终于因政绩良好而调升回京，担任国子祭酒（相当于现在的大学校长）。

后来他又做过兵部侍郎、吏部侍郎和御史大夫兼京兆尹。尤其最后的一个官职，使他发挥了敢作敢当的精神，把京都长安治理得井井有条，奸商贪官都几乎完全敛迹了。

韩愈在世的时候，一方面因为他做的官很高，另一方面由于他喜欢提拔后进的文人、诗人，俨然成为文坛的领袖。加上他有自己的文学主张，古文和诗又写得很杰出，所以在文学史上地位非常崇高，苏东坡说他"文起八代之衰"，真可说是当之无愧。

韩愈身体一向不好（他在《祭十二郎文》中说："吾年未四十，而视茫茫，而发苍苍，而齿牙动摇。"），又因乱服药石，竟在唐穆宗长庆四年（824）十二月二日与世长辞，据说死时席上还留下许多水银。享年只有五十七岁（实足五十六岁）。死后追赠礼部尚书，谥为文。著有《昌黎先生集》四十卷。

原道

　　博爱之①谓仁，行而宜之之谓义，由是而之焉之谓道②，足乎己无待于外之谓德③。仁与义为定名，道与德为虚位④，故道有君子小人⑤，而德有凶有吉⑥。老子之小仁义⑦，非毁之也，其见者小也。坐井而观天，曰天小者，非天小也。彼以煦煦⑧为仁，孑孑⑨为义，其小之也则宜。其所谓道，道其所道，非吾所谓道也；其所谓德，德其所德，非吾所谓德也。凡吾所谓道德云者，合仁与义言之也，天下之公言也。老子之所谓道德云者，去仁与义言之也，一人之私言也。

　　周道衰，孔子没⑩，火于秦⑪，黄老于汉⑫，佛于晋、魏、梁、隋之间⑬。其言道德仁义者，不入于杨⑭，则入于墨⑮；不入于老，则入于佛。入于彼，必出于此。入者主之，出者奴之。入者附之，出者污之。噫！后之人其欲闻仁义道德之说，孰从而听之？老者曰："孔子，吾师之弟子也。"⑯佛者曰："孔子，吾师之弟子也。"⑰为孔子者，习闻其说，乐其诞而自小也，亦曰："吾师亦尝师之⑱云尔⑲。"不惟举之于其口，而又笔之于其书。噫！后之人虽欲闻仁义道德之说，其孰从而求之？甚矣！人之好怪也！不求其端⑳，不讯㉑其末，惟怪之欲闻。古之为民者四，今之为民者六。古之教者处㉒其一，今之教者处其三。农之家一，而食粟之家六；工之家一，而用器之家六；贾之家一，而资㉓焉之家六；奈之何民不穷且盗也！

古之时，人之害多矣。有圣人者立，然后教之以相生相养之道，为之君，为之师。驱其虫蛇禽兽，而处之中土。寒，然后为之衣；饥，然后为之食。木处而颠㉔，土处而病也，然后为之宫室㉕。为之工，以赡㉖其器用；为之贾㉗，以通其有无；为之医药，以济其夭㉘死；为之葬埋祭祀，以长其恩爱；为之礼，以次其先后；为之乐㉙，以宣其湮郁㉚；为之政，以率其怠倦㉛；为之刑，以锄其强梗㉜。相欺也，为之符㉝玺㉞斗斛㉟权衡以信之；相夺也，为之城郭甲兵以守之。害至而为之备，患生而为之防。今其言曰："圣人不死，大盗不止。剖斗折衡，而民不争㊱。"呜呼！其亦不思而已矣！如古之无圣人，人之类灭久矣。何也？无羽毛鳞介以居寒热也，无爪牙以争食也。是故君者，出令者也，臣者，行君之令而致之民者也；民者，出粟米麻丝，作器皿，通货财，以事其上者也㊲。君不出令，则失其所以为君；臣不行君之令而致之民，则失其所以为臣；民不出粟米麻丝，作器皿，通货财，以事其上，则诛㊳。今其法曰："必弃而㊴君臣，去而父子，禁而相生相养之道。"以求其所谓清净㊵寂灭㊶者。呜呼！其亦幸而出于三代之后，不见黜㊷于禹、汤、文、武、周公、孔子也。其亦不幸而不出于三代之前，不见正于禹、汤、文、武、周公、孔子也。帝之与王，其号各殊㊸，其所以为圣一也。夏葛而冬裘，渴饮而饥食，其事殊，其所以为智一也。今其言曰："曷不为太古之无事？"是亦责冬之裘者曰："曷不为葛之之易也？"责饥之食者曰："曷不为饮之之易也？"传曰："古之欲明明德于天下者，先治其国；欲治其国者，先齐其家；欲齐其家者，先修其身；欲修其身者，先正其心；欲正其心者，先诚其意。”㊹然则古之所谓正心而诚意者，将以有为也。今也欲治其心而外天下国家，灭其天常㊺，子焉而不父其父，臣焉而不君其君，民焉而不事其事。孔子之作《春秋》也，诸侯用夷礼则夷之㊻，进于中国则中国之㊼。经曰：“夷狄之有君，不如诸夏之亡！”㊽《诗》曰：“戎狄是膺，荆舒是惩。”㊾今也，举夷狄之法，而加之先王之教之上，几何其不胥㊿而为夷也！

夫所谓先王之教者何也？博爱之为仁，行而宜之之谓义；由是而之焉之谓道，足乎己无待于外之谓德。其文：《诗》《书》《易》《春秋》；其法：礼、乐、刑、政；其民：士、农、工、贾；其位：君臣、父子、师友、宾主、昆弟、夫妇；其服：麻、丝；其居：宫室；其食：粟、米、果、蔬、鱼、肉。其为道易明，而其为教易行也。是故以之为己，则顺而祥；以之为人，则爱而公；以之为心，则和而平；以之为天下国家，无所处而不当。是故生则得其情，死则尽其常，郊(51)焉而天神假（gé）(52)，庙(53)焉而人鬼飨。曰：斯道也，何道也？曰：斯吾所谓道也，非向(54)所谓老与佛之道也。尧以是传之舜，舜以是传之禹，禹以是传之汤，汤以是传之文、武、周公，文、武、周公传之孔子，孔子传之孟轲；轲之死，不得其传焉。荀与扬(55)也，择焉而不精，语焉而不详。由周公而上，上而为君，故其事行；由周公而下，下而为臣，故其说长(56)。然则如之何而可也？曰：不塞不流，不止不行。人其人，火其书，庐其居；明先王之道以道（dǎo）⑤⑦之，鳏寡孤独废疾者有养也，其亦庶乎其可也。

【注释】

①之：则。

②道：各家所说的"道"不同，此处显然指儒家的道而言。一种道理，一种做人处世的基本原则。《论语·学而》："君子务本，本立而道生。"

③德：德行，一种修养。《周礼·地官·师氏》郑玄注："在心为德，施之为行。"可见德是指内在的修养。

④定名：有一定内涵的名称。虚位：可能是有不同内涵的名词。因为道家、佛家等所说的"道""德"跟儒家不同，而且"德"有"三达德""八德"等名称，换句话说：智是一德，仁是一德，勇也是一德，依此类推，可见德不是定名。

⑤君子：有修养的好人、正人。小人：品行坏的人，或心思不正的人。儒家常用这两个对立的名词讨论人的各种问题。

⑥吉、凶：《左传》上以孝敬忠信为"吉德"，盗贼藏奸为"凶德"。

⑦老子之小仁义：老子说："太上，不知有之；其次，亲而誉之；其次，畏之；其次，侮之。""大道废，有仁义；智慧出，有大伪……绝圣弃智，民利百倍；绝仁弃义，民复孝慈。"他认为仁义是不好的东西，会使世界大乱。这当然是一种偏激的主张。

⑧ 煦煦：小惠，小爱。

⑨ 孑孑：短小，狭窄。

⑩ 没：通"殁"，死。

⑪ 火于秦：秦始皇三十四年，皇帝下令烧毁民间所有诗、书、百家的书籍。

⑫ 黄老于汉：汉景帝的时候，窦太后喜爱道家的言论，她的儿子汉景帝和窦家的人都必须读老子，而且推崇老子的思想。因为道家尊崇黄帝，标榜黄帝，所以称道家的学说为黄老之学。相对的，儒家的学问就被排斥，受轻视。

⑬ 佛于晋、魏、梁、隋之间：三国的魏国有位朱士行，曾到西域的于阗国，取了九十章佛经回国，到晋朝元康年间翻译成中文。晋朝其他翻译佛经的更多。南北朝的梁武帝也信佛教，曾总集佛经五千四百卷。隋朝文帝开皇元年，曾营造佛像，印行佛经，天下老百姓都纷纷信佛。

⑭ 杨：指杨朱，是一位道家的思想家，主张"为我"，即使拔自己的一根毛有利于天下也不肯。

⑮ 墨：墨子，名翟，是墨家的领袖，主张兼爱、和平。但是孟子批评他，说他"无父"，因为他曾主张把别人的父亲看作跟自己的父亲一模一样，这样似乎就显不出人子的高度孝心了。

⑯ 老者曰："孔子，吾师之弟子也。"根据《庄子·天运》"孔子行年五十有（又）一而不闻道，乃南之沛见老聃"的说法，便认定孔子是老子的学生。

⑰ 佛者曰："孔子，吾师之弟子也。"佛家的经典中说如来佛派遣三个弟子来教化中国：孔子原来叫儒童菩萨，颜回原来叫光净菩萨，老子原来叫摩诃迦叶。

⑱ 吾师亦尝师之：因为《孔子家语·观周》里也有孔子称赞老子博古通今、自己跟南宫敬叔一起去向老子问礼的记载。

⑲ 云尔：如此，啊。

⑳ 端：根本。

㉑ 讯：问，探究。

㉒ 处：居。

㉓ 资：取用，消费。

㉔ 颠：不安，容易由树上跌落。

㉕ 宫室：二字意思相通，指房屋。《尔雅》："宫谓之室，室谓之宫。"

㉖ 赡：使……富有、充足。

㉗ 贾：古代称定居开店的商人为贾，不过后来的用法已跟"商"字相混。

㉘ 夭：短折，短命。一般称二十岁以下就死掉的叫夭，不过也有人称三十以下，甚至四十以下死亡的叫夭。

㉙ "为之礼"三句：《礼记·乐记》："五帝殊时，不相沿乐；三王异世，不相袭礼。"指不同的时代有不同的礼和乐。

㉚ 湮郁：情绪郁积着不能发泄。宣就是发泄。

㉛ 倦：疲倦。

㉜梗：顽，猛。

㉝符：用竹子做的一块东西，把文字写在上面，平分为二，两方面各拿一半，有事的时候各自取出对照，以表示信实，防止诈骗。往往用于作战时派遣使节传令等。

㉞玺：帝王的玉印。秦代以前泛指一切印章。

㉟斛：盛五斗的容器。古代指十斗的容器。

㊱"圣人不死"四句：原出于《庄子·胠箧》，代表和老子一致的道家思想。

㊲以事其上者也：《孟子·滕文公上》："治于人者食人。"古代人民有奉养君长的义务，这跟现在的人民有纳税的义务多少有点类似。

㊳诛：责罚。

㊴而：通"尔"，你的，你们的。

㊵清净：也作"清静"，指不烦扰，或远离罪恶。

㊶寂灭：是梵文"涅槃"的义译，因为本体寂静，远离一切生死、荣辱得失，所以叫"寂灭"。这是佛家最高的境界。

㊷黜：贬斥，降职或免职。

㊸其号各殊：他们的名称不一样。《白虎通义·号》："帝王者何？号也。……德合天地者称帝，仁义合者称王。"本来的意思似乎是帝高于王，但韩愈在本文中却有意把二者不分高下。

㊹"古之欲明明德于天下者"一段：见《礼记·大学》。《大学》现在已独立成四书之一。

㊺天常：就是天伦。

㊻“孔子之作《春秋》也”二句：春秋时晋国讨伐同姓的鲜虞，《穀梁传》便认为《春秋》一书的记载是把晋国当作夷狄看待。晋国本来是中原的国家，但是不守伦常的道理，所以说他们是“用夷礼”。

㊼进于中国则中国之：春秋时楚国仰慕中原文化，来修聘礼，所以《公羊传》认为《春秋》的记载是把楚国当作中原的国家。

㊽夷狄之有君，不如诸夏之亡：这句话出于《论语·八佾》。譬如楚国、吴国，虽然一再做中原各国的盟主，但本性的强横非礼，始终没有改变，所以还不如中原的国家没有了国君，仍能大致保持古代的政教风俗。

㊾膺，攻击；惩，惩罚、制止。舒是楚的盟国。

㊿胥：沦落。

(51)郊：古代冬至日天子祭天。

(52)假：至，来享受。

(53)庙：祭祀祖先。

(54)向：一向，平常。

(55)荀：荀子，名况，时人尊称为荀卿，战国楚人，儒家大思想家之一，主张性恶、效法后王、重视礼乐教化。扬：扬雄，字子云，汉代儒家学者，著有《法言》《太玄》等书。

(56)其说长：把思想和理想寄托于著作中。

(57)道：通“导”，引导，教导。

【译述】

博爱叫作"仁"，做事合情合理叫作"义"，一切都照这两个字去做叫作"道"，自己能满足自己，不须依赖别人叫作"德"。仁和义是确定的名称，道和德是意义不确定的名词。所以讲道理便有君子、小人的分别，讲德行便有美德、恶德的不同。老子瞧不起仁义，不是有意毁谤它，是因为他的见识太浅。譬如有人坐在井里看天空，对人说："天好小啊。"谁都明白这并不是真的天小，是他的视野太窄小了。老子认为施小惠就是"仁"，斤斤计较的行为就是"义"，怪不得他会看不起仁义了。他所说的"道"，只是他自己想的一套，说什么"道可道，非常道"（认为"道"是不可以说的），不是我们儒家所主张的"道"。他所说的"德"，也是很偏颇的，说什么"上德不德，是以有德"（认为有德行的人要无为），不是我们所提倡的"德"。我们所说的道德，是配合仁义来说的，正是天下的公论。老子所说的道德，却是离开了仁义来讲的，是他自己一个人的意见。

周朝衰弱，孔子死了以后，有秦始皇焚书坑儒的事发生，后来西汉又提倡黄老道家的思想，魏、晋、梁、隋那一段时间里，则有佛教盛行。他们所讲的仁义道德，不是杨朱的那一套，就是墨翟的那一套；不是老子的一套，就是佛家的一套。既然相信了他们的学说，当然就排斥我们儒家的圣贤之道。于是他们把杨墨佛老当作主人，而把儒家当作卑下的奴才；凡是信仰杨墨佛老的就是好的，不信的就污辱他。唉！后世的人，如果要想听听仁义道德的学说，到底该听谁说的呢？老子的信徒说："孔子是我们老师老子的学生。"佛教徒又说："孔子是我们老师佛陀的学生。"甚至于孔子的徒子徒孙听惯了这一类的话，也接受了他们荒唐的意见而看轻自己的老师了，跟着别人说："我们的老师是曾经请教过他（老子）啊。"不只是嘴里说说，还记载在书本里。唉，这种情形真是太严重了，后世的人哪怕真喜欢听仁义道德的学说，又该向谁去请教呢？世人真是喜欢怪诞的学说啊！不肯去探究根本，也不问事情的细节，只愿意听信怪诞的学说。古代有士、农、工、商四种人，现在加了和尚、道士两种，变成六种人了；古时候只有儒家一种思想，现在有儒、道、佛三种不同的思想了。农夫只占六种人中的一种，而大家都要吃饭；工人只占六种人当中的一种，而大家都要用他们造的器具；商人只占六种人当中的一种，而大家都要买货物——老百姓怎么会不变得很穷呢？一穷，就难免有人会变成强盗小偷了。

古时候，自然界有很多伤害人的东西，等到圣人出现了以后，就教人民各种生活的方法，做他们的领袖，也做他们的老师，为他们驱逐虫、蛇、禽兽，带他们迁移到中原环境比较好的地方。冷了就为他们制造衣服，饿了就给他们东西吃；住在树上，怕他们跌下来，住在地洞里，怕他们因为潮湿而生病，就帮他们建筑房屋；发明工具，使他们什么器具都不缺；提倡商业，使他们能流通有无；发明医药，使他们不至于短命而死；为他们制定丧葬祭祀的礼仪，来增长人与人之间恩爱的感情；为他们订定礼节，以便安排老幼先后的次序；为他们制定音乐，来发泄心中的忧郁；为他们修明政治，使他们不致懈怠疲倦；为他们规定刑罚，来消除强暴的人。怕他们彼此欺骗，就创造了竹符、印章、升斗、秤尺，帮助大家守信用；怕他们彼此争夺，便替他们建造城郭盔甲武器，以便大家防守自卫。有什么灾害，就为他们设法防备。哪知道老子偏偏要闭着一只眼睛说："圣人不死的话，大强盗也不会消灭的；把升斗、尺秤都毁坏掉，老百姓就不会你争我夺了。"唉！老子说这些话，显然是没有好好思考过啊！要是古时候没有圣人的话，我们人类恐怕早就给消灭了。为什么呢？因为人不像鸟有羽毛，鱼有鱼鳞，乌龟、穿山甲有硬壳，可以适应很冷或很热的天气，又不像许多禽兽那样，有利爪尖牙可以争夺食物。要不是圣人教导有方，怎么能生存呢？所谓圣人，就是古代的君王。所以君王是天生发号施令的；臣子则推行君王的命令到老百姓身上；老百姓呢，就该种米种粟种麻种丝，制造器具，贩卖货物，来侍奉君王官吏。这是一种社会的分工合作。君王如果不恰如其分地发号施令，统筹全局，就没有尽到他的责任；臣子如果不能执行君王的命令，宣导民众，也是没有尽他的本分；老百姓不种粟米麻丝，不制造器具，也不贩卖货物流通有无，就应该受到惩罚。现在试看他们道家、佛家怎么教人的。他们说："一定要把你们君臣、父子的关系都消除掉，不许再种田做工做买卖，要追求清净、寂灭的境界。"唉！幸亏他们生得晚，没有生在夏、

31

商、周三代，才不至于被禹、汤、文王、武王、周公、孔子所责备、排斥；也可以说他们不幸生得太晚，没有禹、汤、文王、武王、周公、孔子这些圣人来规劝他们，纠正他们。帝和王，称呼虽然不一样，大致说来，没有什么大不同，他们都是"圣人"。夏天穿葛布的衣服，冬天穿裘衣，口渴了喝水，肚子饿了吃饭，事情虽不一样，都可说是智慧和理智的表现。现在试看老子、庄子说的："为什么大家不像上古时代一样，什么事也不要做，一切任其自然呢？"这岂不是等于责备冬天穿裘衣的人说："为什么你不穿简便的葛衣呢？"或者责备肚子饿了要吃饭的人说："为什么你不省点事只喝水呢？"《大学》上说："古代要想发扬美德于全天下的人，一定先把他的国家治理好；要想把他的国家治理好的人，一定先把他自己的家治理好；要想治理好他的家的人，一定先把自己修养好；要想修养好自己，一定先使自己的心光明正大；要想使自己心中光明正大的人，一定先使自己每一个念头都很诚恳真挚。"由这段话看来，古时候的人要使自己的心意诚恳正大，都是想进一步对国家、天下有所作为，有所贡献。现在道家、佛家的人，要想修养自己的身心，却主张不要国家，不管天下，甚至绝灭伦常，做儿子的不把父亲当父亲，做臣子的不把国君当国君，做老百姓的不做自己分内的工作！当年孔夫子写《春秋》这本书，凡是中原的诸侯言行像夷狄，就把他们当作夷狄看待；反过来说，夷狄的国家归向中国，就把他们当作中国人。《论语》上说："夷狄的国家即使有君王，还不如中原的国家没有君王而能保持中原的文化呢。"《诗经》上说："戎狄应该攻击，楚舒应该惩罚。"正因为他们是野蛮的国家。现在要是照道家、佛家的主张去做，岂不等于用夷狄的方法代替先王的教化吗？那岂不是要使我们中国沦落成夷狄了吗？

我们所说的"先王的教化"是什么？就是博爱——仁，做事合情合理——义，凡事遵照仁义而行——道，自己能满足自己，不须依赖别人——德。表现在文字上的，就是《诗经》《尚书》《易经》《春秋》等；表现在实际作法上的，就是礼、乐、刑法、政治；人民包括士、农、工、商；伦常关系包括君臣、父子、师友、宾主、兄弟、夫妻；衣服有麻织品和丝织品；住的是宫室；吃的是粟、米、水果、蔬菜、鱼、肉；他的道理容易明白，他的教化容易施行。以这种道理自处，一切都会顺利而美好；以这种道理待人，就会友爱而公正；心里存着这种道理，就会心平气和；拿来治理国家和天下，就处处恰当而成功。所以活着的人能情感正常而安稳，死人也能得到很好的归宿；祭天，天神自然会来享受；祭先王或祖先呢，人鬼一起享用。请问：这个是什么道理啊？我可以这样回答：这就是我们儒家所主张的道理，跟道家、佛家的道理大不相同。唐尧拿这个道理传授给虞舜，虞舜又把它传授给夏禹，夏禹传授给商汤，商汤传授给周文王、周武王、周公，文王、武王、周公传给孔子，孔子又传给孟子；孟子死了以后，就没人可传了。荀子和扬雄，选择道理不够精辟，言论也不够详明，不配传孔孟之道。从周公往上推，那几位圣人都是君

33

主，所以能顺利实施他们的道理；由周公往下传，那两位圣人都是臣子，所以主要在发扬思想，教育世人。说到头来，我们这些后代的人应该怎么做才对呢？我的主张是：如果不禁止佛、老的道理，它们是不会消灭的；如果不努力提倡圣人的道理，它也不容易大大施行。我们应该让和尚道士还俗，烧掉他们的经书，把寺庙道观改建为民房；发扬先王的道理，来教导他们，使鳏夫寡妇孤独残疾的人都生活安定，精神愉快，这样就天下太平了。

【赏析】

天下万事万物的道理，从每个不同的角度看，都会有一种答案：答案愈多，愈使人怀疑什么才是"绝对的真理"。如果每个有不同意见的人，都能够和睦相处，互相尊重，那当然是最理想不过的事了，可惜实际上往往不是这样的，因此人世间便有许多大大小小的争论。争论的范围从鸡毛蒜皮的身边小事，到宇宙人生的大道理，可说无所不包。其中最值得大家注意的，当然是关于人生的大道理。

本文的题目叫《原道》，"原"就是把某一桩事情或某一种道理原原本本地加以说明、分析，这可以说是古人作文的一种特殊文体，有点近乎"论"，也是一种论说文；"道"，在这儿是指儒家所主张、提倡的圣贤之道——也就是仁义。

全文的作法是由仁义的定义说起，进而反驳道家、佛家所宣扬的道理，用比较的方法，反复讨论，最后提出一个作者认为最完整的结论。

韩愈的文章，就像我在总序中所指出的，条理既清楚，变化又丰富，往往波澜起伏不已，使读者不但被吸引，而且深受感动。本文虽然是一篇很严肃的说理文章，由于作者的写作技巧和文字气势，使它读起来有声有色，不会觉得枯燥乏味。

第一段解释仁义道德的定义，接着就指出儒家之道和老子所说的道不同的地方。这是全篇文章的重心。开头四句一贯排列，气势雄伟，等于为全篇奠定了很扎实的基础。最后两大句则用对比的排句，强劲有力，但又不流于浮躁。

第二段又可分四小节。第一节到"孰从而听之？"为止，分析儒家之道衰落的第一个原因，那是由于孔子死后，各种别家的学说依靠政治的力量而得以流行，喧宾夺主。第二节到"其孰从而求之？"为止，是说即使儒家的学者本身，也往往妄自菲薄，认为孔子是老子的学生，儒家未必比别家高明，这是儒家思想衰落的第二个原因，跟第一节彼此呼应，好像两座并立的山峰。第三小节只有五句，探究儒家学说不振兴的根本原因，是因为人们都喜欢求怪，不喜欢平平正正的道理，无形间助长了佛家、道家的声势。第四小节总结本段，说因为佛、道盛行，"四民"变成了"六民"，吃饭的人多，生产和做事的人少，这是天下的大危机。到了这儿，整座山脉都显现出来了。在第三、第四节之间，乍看好像连不起来，细看就知道，中间有密切的因果关系。第四节尤其参差变化，使人有眼花缭乱的感觉，可是条理还是很清晰。

第三段紧接着上段第四节，紧紧地扣住一个"民"字（有时用"人"），使读者了解：作者力倡儒家之道，并不是出于主观的偏爱，而是为整个的国计民生着想。全段的作法是用两组对比交错配合而成：一组是儒家对道家、佛家，一组是古对今。一正一反，反复变化。

本段又可分四小节。第一节到"无爪牙以争食也"为止，畅述古代圣人教导人民如何生活的事，这正是合乎仁义的行为。反过来说，道家的主张却是反文明的，不足以维持人民的生存。尤其最后五句话，更强而有力地点出了本段的主旨。在句法方面，这一段也变化很多：由"然后教之……为之……为之……"起，下接三个"然后为之"，这是一散一整的变化；下面又用"为之……以……"的句法八次，文气始终不衰，是一种集腋成裘式的作法，又是一变；接着两次用"相……也……为之……"的句法，又显得活泼些；"害至而为之备，患生而为之防"，则是富有凝聚力的句子。"为之"两字，一共出现了十七次，但始终充满力量，丝毫不觉重复。这正是韩愈高明的地方。

第二节先论君、臣、人民各有职分，分工合作，社会才会上轨道；否则，如果像佛家、道家（重点在佛家）那样的主张，恐怕生存都会有问题。这一节又分五个层次：第一层说儒家的正规作法，第二层说相反的情况，第三层说佛家、道家的主张，第四层说三代的圣人已不在，不致贬斥他们的怪说，第五层更进一步，慨叹三代的圣人不能规正他们。第四层里用"其亦幸而"其实是为下一层的"其亦不幸而"设势，使文章更有力量。

第三小节到"曷不为饮之之易也"为止，先说"帝"、"王"名异实同，就像夏葛冬裘、渴饮饥食事殊智一，这是以前文陪衬后文。巧妙的是：上接"禹、汤、文、武……"一句，使得文章的转折显得天衣无缝。这两个比喻是关系着人类最基本的需要——衣、食，因此格外有力。这一节虽短，也有三个转折。

第四节诉诸权威——《大学》上的一段话以及《论语》《诗经》上的话，来驳斥佛家、道家的主张，严格说来，说服力反不如前面几节。

第四段由上段末"先王之教"接榫，又响应第一段的主题。由此可看出韩愈古文结构的严密。第一节到"而其为教易行也"为止，中间用了"其×："的句法七次，因为整中有散，倒也不觉呆板；内容兼顾物质和精神，结论两句，又简洁而干脆。第二节到"庙焉而人鬼飨"为止，讲儒家之道的实际效果，也很周到，用了三种不同的句法，气势极壮。第三节到"故其说长"为止，语气又和缓一点，把儒家的"道统"说明了一下。第四节是总结全文：用了两个四字句，三个三字句，然后以三个较长的句子压阵，效果很好，给读者的印象极深。

这篇文章，像王守仁、归有光、刘大櫆（kuí）等，都非常称许，有的说他"立言正大，发先儒所未发"，有的说他"一正一反，错综震荡，翻出许多议论波澜"，有的说他"如长江大河，浑灏（hào）（浩浩荡荡的意思）流转"，的确是一篇作法、气势、内容都很出色的作品。

　　不过在内容方面，我们也可以做一点比较严格的批评：那就是因为韩愈提倡儒家的道理太热心了，全心全意要打击道家、佛家的学说，所以只挑对方的弱点说，把它们的优点一概抹杀。这种作法当然情有可原，但未必是我们追求真理最理想的态度。

送董邵南¹序

燕赵②古称多感慨③悲歌之士④。董生举进士，连不得志于有司⑤，怀⑥抱利器⑦，郁郁⑧适⑨兹土，吾知其必有合也。董生勉乎哉！

夫以子之不遇时，苟⑩慕义⑪强（qiǎng）仁⑫者，皆爱惜焉；矧（shěn）⑬燕赵之士，出乎其性者哉！

然吾尝闻风俗与化移易，吾恶知其今不异于古所云邪！聊以吾子之行⑭卜⑮之也。董生勉乎哉！

吾因子有所感矣：为我吊望诸君之墓⑯，而⑰观于其市，复有昔时屠狗者⑱乎？为我谢⑲曰："明天子在上，可以出而仕矣！"

【注释】

①董邵南：寿州安丰（现在的安徽寿县西南）人。考进士屡次不中，当时河北的藩镇往往自己选用读书人做官，所以他便决定去那儿求发展。韩愈有一首诗《嗟哉董生行》，也是为他写的，大约是唐德宗贞元十八年（802）所作。

②燕赵：现在的河北南部及山西北部。

③感慨：感动激愤。

④悲歌：表示悲壮的情感。士：读书人，有志向、有理想的人。

⑤ 有司：官员，这里指考官。

⑥ 怀：藏着。

⑦ 利器：锋利的刀剑之类，比喻杰出的才能。

⑧ 郁郁：忧愁，郁闷。

⑨ 适：往，到……去。

⑩ 苟：只要是。

⑪ 慕义：爱慕道义。

⑫ 强：努力的意思。强仁，努力行仁，立志做好人。

⑬ 矧：何况。

⑭ 行：去，远行。

⑮ 卜：卜卦，预测，预言。

⑯ 望诸君：燕国大将乐毅为燕昭王出兵攻打齐国，立了大功以后，因为跟继任的国君惠王不和，只好离开燕国，跑到赵国，赵国封他为望诸君。乐毅是一位英雄人物，死在赵国，坟墓也应该在赵国的邯郸，不过也有人说他归葬在燕国的良乡。韩愈在这里说请邵南去吊祭乐毅的墓，只是一时兴到的话，表示他对天下英雄豪杰的仰慕而已。

⑰ 而：并且。

⑱ 屠狗者：指另一位燕国豪杰高渐离，他本来是一个屠夫（古人常吃狗肉），也擅长敲击筑这种乐器，荆轲到了燕国，就跟他交为好朋友，两个人常常一起在市场上喝酒，高渐离击筑，荆轲和着他的节拍唱歌，唱完了又相对流泪，好像四周没有别人似

的。后来荆轲刺秦王失败了，高渐离又拿了他的筑去击打秦王，也没成功，反被杀死。

⑲谢：告诉。

【译述】

河北、山西这一带，古人传说悲壮慷慨的豪杰很多。董生参加进士考试，一连好几次都不能得到主考官的赏识，所以怀着很高的才能，闷闷不乐地要到那儿去，我知道他一定会遇上意气相投的人。董生，打起精神上路吧！

像你这样有才华而不得志的人，只要是爱慕正义、有心行仁的人，都会爱惜你的。何况燕赵的豪杰，仁义是出自他们的天性呢！

可是我也曾经听人说过：一个地方的风俗，往往随着教化而转变，我又怎么敢担保现在那儿的风气还是跟古代一样呢？我不过姑且为你这次远行的遭遇做一个预言罢了。董生，加油吧！

由于你的北游，我心里很有些感触。请你到了那里以后，帮我凭吊一下望诸君乐毅的坟墓，并且去看看那里的市场，看看是不是还有古代那种隐居屠狗的豪杰。如果真有，请为我告诉他们："现在有英明的皇帝在朝廷上，你们可以出来为国家效劳了！"

【赏析】

本文是赠序文，也就是用一篇比较短小的文章勉励、安慰将要远行的人，有时也顺便交代一些事情。写作的对象往往是好友或学生、晚辈。

本文的主旨是勉励董邵南（韩愈的学生）不要因为考场失意而泄气，并暗示他要爱慕仁义、追求真理，以古代的英雄为典范，不要随波逐流。有机会的时候，还是回到京都来效命朝廷的好。但说得非常委婉，一点都不露教训的痕迹。

这篇文章跟《原道》的体裁虽然不同，有一点却是一样的，那就是以古和今的对比呼应做骨干。

第一段从燕赵古代多悲歌感慨之士说起，指出董生不遇，去那儿一定能得到知音，意思是很积极的，在文章作法上，是一扬。韩愈文章常注意起句，往往声音响亮，意义庄重，又能出乎一般人意料之外。

第二段再由董生的不遇，转折到燕赵之士的仁义都出自本性，所以董生去那儿，更不会失望。第一段由燕赵之士说到董生，这一段又由董生说到燕赵之士，更逼近一层，这又是一扬。而最后一句说得很简洁，很含蓄，好像只说了一半就闭嘴了，其实意思已经很清楚了。这在文章作法上叫"暗笔"。

第三段表面上是一个回转，作者忽然把高调变成了低调，把鼓励变成了保留的态度，其实这才是作者真正的心意所在。古代多豪杰，不一定能保证现在也这样；时代改变了，风俗习气也会发生变化。说得清楚些，当时燕赵的藩镇已经不大听中央政府（朝廷）的指挥，说不定不久就变成叛乱分子，董生怀抱着很高的理想、很大的希望去那儿，恐怕难免要失望、要后悔哩。但是韩愈仍旧用很含蓄的方式来表达这种意思，"聊以吾子之行卜之也"是一句相当暧昧的话：到底是"预言"好呢，还是不好？表面上看来，似乎偏于好，其实恐怕是偏于不好的意思。最后又重复第一段的五字句，正好跟第一段所说的内容成一强烈的对比，这是一抑。这段里隐隐约约含有讽刺的意思。

第四段再从董生的远行抒发作者的感慨，要董生拜墓观市，正是拿乐毅、高渐离这些古代的英雄豪杰来比照现在的藩镇，一正一反，非常明显，但因为说得很自然，又不会显得太尖锐。最后那两句话，几乎已明示董生：最好还是不要去。可是完全不取直接说教的方式。真可说是摇曳生姿，变化自如。这一段表面是扬，其实是抑，不是大家，不容易写出这样的妙文来。

有人说："这是韩文中阴柔之作。"我以为该说是"柔中有刚的作品"。这种作品，最能发挥潜移默化的作用。但是运用得不恰当，便会软弱乏力，或头绪不清。韩愈可说是吸收了《史记》的笔法，吞吐变化，运转美妙，表面上是送董生，其实是挽留董生。文章虽短，转折却多，气势也很足。

杂说四

世有伯乐^①，然后有千里马。千里马常有，而伯乐不常有。故虽有名马，只辱^②于奴隶人之手，骈死^③于槽枥（lì）^④之间，不以千里称也。

马之千里者，一食或尽粟一石。食（sì）^⑤马者，不知其能千里而食也。是马也，虽有千里之能，食不饱，力不足，才美不外见，且^⑥欲与常马等不可得，安求其能千里也？策^⑦之不以其道，食之不能尽其材，鸣之而不能通其意^⑧，执策而临之曰："天下无马。"

呜呼！其真无马邪？其真不知马也！

【注释】

① 伯乐：人名，姓孙，名阳，是周朝一位善于鉴定好马的专家。有一次他路过虞坂，有一匹良马趴在盐车底下，看到伯乐，就长声嘶叫，伯乐感动得立刻下车，为它的遭遇那么坏而流下了热泪。

② 辱：受……的侮辱。

③ 骈：并，一起。骈死：跟普通的马一起死。

④ 槽：喂马吃东西的地方。枥：养马的地方。

⑤ 食：喂。

⑥ 且：即使，就是。

⑦ 策：马鞭，这里用作动词，就是用马鞭打马。

⑧通其意：了解它的心意。

【译述】

　　世界上有伯乐这种识马的专家，然后千里马才为人所知。千里马常有，像伯乐这种识马的人却不常有。所以，即使有名马，也不过在无知的奴仆手下受侮辱，最后跟其他的马一起死在马房里，始终没有人知道它是千里马。

　　真正的千里马，有的一顿饭就要吃一石的小米。喂马的人因为不知道它是千里马，喂它的时候还是用喂一般马的标准喂它，于是这匹马虽有一天跑一千里路的本领，因为吃不饱，力气就不够了，它的特长也就表现不出来，甚至要它跟普通的马一样都办不到，哪里还能一天跑一千里呢？养马的人不按照正当的御马方法来鞭策它，又不能把它喂饱，它嘶叫的时候又不了解它的心意，只晓得手里握着马鞭，站在它面前，对人家说："天下找不着千里马！"

　　唉！难道是真的没有千里马吗？其实是他根本不认识千里马！

【赏析】

　　本文是一篇短论，用我们现在的标准看，也可以说它是一篇杂文——像报纸上的方块文章。

　　它的特色是短小精悍，文字少而很有力量，很中肯，所表现的意义往往是很有启发性的，让读者有所觉悟，把平常不注意的事重新拿来思考，得到新的答案；平时想不通的问题也可能一点而通，并且进一步影响到他们为人处世的态度，或对于某些事情的做法。

这篇文章里表面上在谈千里马的事，其实是用千里马比喻有才能的人。伯乐就是有地位又有眼光的人——譬如皇帝、大臣，或者现在的政府官员，甚至握有选举权的人民。

第一段由伯乐和千里马的密切关系说起，谈到世上一般千里马因为不遇知音，白活一场，感叹的意思很深，但文字简洁强劲，表面上并没有一点伤感的字眼。一正一反之间，用一"故"字联系，前后各四句，显得十分均衡。

第二段比较仔细地刻画一般千里马的不幸遭遇——这也正是许多有才能的人的遭遇。"虽有千里之能，食不饱，力不足……安求其能千里也？"这一节，已经够沉痛的了。再往下发挥，写到"天下无马"四字时，真是笔力千钧，反讽的意味几乎要横溢而出。但是韩愈就像一个高明的骑士一样，到这儿突然勒住了缰绳，暂停了！也好让读者回味一下，品尝一下那种辛酸中有悲愤的感觉。

最后一段是强烈的批判，是悲痛的呼声，是遏止不住的控诉。一叹（"呜呼！"）一问（"其真无马耶？"）一结（"其真不知马也！"），使读者和作者、千里马的命运顿时打成一片。

这篇一共一百五十一字的妙文，真可以抵得上娓娓不绝的千言万语。跟前一篇《送董邵南序》的作法，也正好形成一个对比。

祭十二郎文

年月日①，季父②愈，闻汝丧之七日，乃能衔哀③致诚，使建中④远具⑤时羞⑥之奠，告汝十二郎⑦之灵：

呜呼！吾少孤⑧，及长，不省所怙（hù）⑨，惟兄嫂⑩是依。中年，兄殁南方⑪，吾与汝俱幼，从嫂归葬河阳⑫，既又与汝就食江南⑬。零丁孤苦，未尝一日相离也。吾上有三兄，皆不幸早世⑭。承先人后者，在孙惟汝，在子惟吾。两世一身，形单影只。嫂尝抚汝指吾而言曰："韩氏两世，惟此而已！"汝时尤小，当不复记忆。吾时虽能记忆，亦未知其言之悲也。

吾年十九，始来京城⑮。其后四年，而归视汝。又四年，吾往河阳省坟墓，遇汝从嫂丧来葬。又二年，吾佐董丞相于汴州⑯，汝来省吾。止一岁，请归取其孥（nú）⑰。明年，丞相薨（hōng）⑱，吾去汴州⑲，汝不果来。是年，吾佐戎徐州⑳，使取汝者始行，吾又罢去㉑，汝又不果来。吾念汝从于东㉒，东亦客也，不可以久；图久远者，莫如西归㉓，将成家而致汝㉔。呜呼！孰谓汝遽去吾而殁乎？吾与汝俱少年，以为虽暂相别，终当久相与处，故舍汝而旅食京师，以求斗斛之禄。诚知其如此，虽万乘之公相，吾不以一日辍汝而就也。

去年，孟东野㉕往，吾书与汝曰："吾年未四十，而视茫茫，而发苍苍，而齿牙动摇。念诸父与诸兄，皆康强而早世；如吾之衰者，其能久存乎？吾不可去，汝不肯来，恐旦暮死，而汝抱无涯之戚也！"孰谓少者殁而长者存，强者夭而病者全乎？呜呼！其信然邪？其梦邪？其传之非其真邪？信也，吾兄之盛德而夭其嗣乎？汝之纯明而不克蒙其泽乎？少者强者而夭殁，长者衰者而存全乎？未可以为信也；梦也，传之非其真也，东野之书，耿兰㉖之报，何为而在吾侧也？呜呼！其信然矣！吾兄之盛德而夭其嗣矣！汝之纯明宜业其家者，不克蒙其泽矣！所谓天者诚难测，而神者诚难明矣！所谓理者不可推，而寿者不可知矣！虽然，吾自今年来，苍苍者或化而为白矣㉗，动摇者或脱而落矣㉘；毛血日益衰，志气日益微，几何不从汝而死也！死而有知，其几何离㉙；其无知，悲不几时，而不悲者无穷期矣㉚！汝之子，始十岁，吾之子，始五岁；少而强者不可保，如此孩提者㉛，又可冀其成立邪？呜呼哀哉！呜呼哀哉！

汝去年书云："比㉜得软脚病㉝，往往而剧。"吾曰："是疾也，江南之人，常常有之。"未始以为忧也。呜呼！其竟以此而殒㉞其生乎？抑别有疾而致斯乎？汝之书，六月十七日也。东野云：汝殁以六月二日。耿兰之报无月日。盖东野之使者，不知问家人以月日；如耿兰之报，不知当言月日。东野与吾书，乃问使者，使者妄称以应之耳。其然乎？其不然乎？

今吾使建中祭汝，吊㉟汝之孤㊱，与汝之乳母㊲。彼有食，可守以待终丧，则待终丧而取以来；如不能守以终丧，则遂取以来。其余奴婢，并令守汝丧。吾力能改葬，终葬汝于先人之兆㊳，然后惟其所愿。

呜呼！汝病吾不知时，汝殁吾不知日；生不能相养以共居，殁不能抚汝以尽哀；殓不凭其棺，窆（biǎn）㊴不临其穴。吾行负神明，而使汝夭；不孝不慈，而不能与汝相养以生，相守以死。一在天之涯，一在地之角；生而影不与吾形相依，死而魂不与吾梦相接。吾实为之，其又何尤！彼苍者天，曷其有极！自今以往，吾其无意于人世矣！当求数顷之田，于伊、颍㊵之上，以待余年，教吾子与汝子，幸其成；长吾女与汝女，待其嫁。如此而已！呜呼！言有穷而情不可终，汝其知也邪？其不知也邪？呜呼哀哉！尚飨㊶！

【注释】

①年月日：古人祭文，习惯上先写几年几月几日，但作者往往把它们暂时空着，也许因为在写文章的时候还没有决定吊祭的日子。

②季父：就是叔父。古人兄弟以伯、仲、叔、季排行，韩愈是老四，又比十二郎长一辈，所以称"季父"。

③衔：用口含物。衔哀：含着悲伤。

④建中：韩愈的家人名。

⑤具：准备，安排。

⑥时羞：应时的食物。

⑦十二郎：韩愈的哥哥韩会做过起居舍人，没有儿子，以他弟弟韩介的儿子名叫老成的做后嗣，就是十二郎。"十二"也是排行。

⑧吾少孤：韩愈的父亲韩仲卿做过武昌令（相当于县长），

韩愈才三岁他就死了。

⑨ 不省：不认识。怙：依赖。古人称父亲死为"失怙"。"不省所怙"就是不认识自己的父亲。

⑩ 兄嫂：兄，韩会，嫂，郑夫人，也就是十二郎的父母亲。

⑪ 兄殁南方：唐代宗大历十二年，韩会因为被认作跟宰相元载一党，贬为韶州刺史，不久死在任上。韩愈那时才十一岁，也在韶州。韶州在现在的广东韶关市，所以说是"南方"。

⑫ 河阳：就是南阳，韩愈的故乡，原来的城在现在的河南孟县（一说修武县。这是《唐书》上的记载，跟后来朱熹的说法不同）。

⑬ 就食江南：韩愈先依靠嫂子北上，因为中原不安宁，又折回江南谋生，他们一起住在宣州（现在的安徽宣城）。

⑭ 早世：很早去世。

⑮ 始来京城：唐德宗贞元二年，韩愈从宣州到京都长安去，自此跟侄儿分手。

⑯ 佐董丞相于汴州：贞元十三年，董晋帅汴州，任用韩愈为节度推官，在汴州佐理军事。汴州，就是现在的河南开封。

⑰ 孥：妻和子女的合称。

⑱ 薨：丞相、公侯、诸侯死叫薨。

⑲ 吾去汴州：董晋死了以后，韩愈送丧而出。四日，汴州军作乱，韩愈便离开汴州，从此跟十二郎再也没见过面。

⑳ 佐戎徐州：韩愈离开汴州后，到徐州（在江苏）去投奔武宁节度使张建封，张建封任用韩愈为节度推官。

㉑ 吾又罢去：张建封派韩愈待在符离睢（suī）上，不久罢官离去。

㉒ 从于东：徐州在东边，"从于东"是说你跟我到东边的徐州。

㉓ 西归：回到河东——河东在西边。

㉔ 将成家而致汝：韩愈自从到长安以后，想到家人分离容易相会难，老是流落异乡终究不是办法，所以打算在老家安顿下来，跟侄儿长久相聚。致汝：接你回老家。

㉕ 孟东野：就是诗人孟郊，是韩愈最推崇的好朋友，那时正往江南做溧阳（现在江苏溧阳市西北）尉（相当于主任秘书兼公安局局长）。

㉖ 耿兰：韩愈家的家人名。

㉗ 化而为白矣：灰发变成白发了。

㉘ 脱而落矣：牙齿都掉落了。

㉙ 其几何离：分开的时候不多了，不久将会相见于九泉之下。

㉚ 不悲者无穷期矣：如果死后无知，那就永远不会再悲伤了。

㉛ 孩提者：需要大人提、抱的孩子。

㉜ 比：近来，最近。

㉝ 软脚病：两脚麻痹软弱、不能走路的毛病。古人又称它为"瘘"。

㉞ 殒：死，丧失。

㉟ 吊：唁问，安慰死者的家属。

㊱ 孤：指十二郎留下的孤儿，名湘，相传就是八仙中的韩湘子。

㊲ 乳母：十二郎小时候喂他奶的老乳母，姓名不清楚。

㊳兆：坟墓。

㊴窆：把棺材放进墓穴里。

㊵伊、颍：两条河名，都在现在的河南省。

㊶尚飨：请来享用祭品吧！是祭文中常用的收尾语。

【译述】

某年某月某日，你的叔叔愈，在听到你死去的消息后第七天，才能含着悲哀，怀着诚意，叫建中从远方带了应时的祭品，供在你十二郎的灵前：

唉！我很小就死去了父亲，长大以后，根本不记得父亲长得什么样子，只有依靠哥哥嫂嫂过日子。哥哥中年死在南方，那时候我和你都还很小，跟着嫂嫂回来，把哥哥埋葬在南阳。后来为了生活，又跟你一起到江南去。既孤单又穷困，我和你没有一天分开过。我虽然有三个哥哥，可是都不幸很早去世。继承祖宗血脉的，在孙子这一辈只有你，在儿子这一辈只有我。两代都只有一个人，真是孤零得很。嫂嫂曾经抚摸着你，指着我说："韩家两代，就只剩下你们两个了！"你当时年纪比我更小，当然不会有什么印象了。我当时虽然已经能够记忆，但是也还不能体会到这话里的悲哀。

我十九岁才来到京都。隔了四年，曾经回家去看你一次。后来又隔了四年，我去南阳扫墓，碰到你正护送着嫂嫂的灵柩来安葬。又过了两年，我在汴州帮助董丞相办事，你赶来看我。只住

52

了一年，你说要回去接你的妻子和孩子。第二年，丞相去世了，我也离开了汴州，结果你没来成。那年，我在徐州帮忙处理军务，又要去接你，谁想到我派去接你的人刚刚动身，突然我又离了职，结果你又不能来。我想你要是跟我到东边去，在那儿也是作客，不能很长久。要想长久安定相聚，不如回到西边的故乡去。我打算把家安顿好以后，再派人去接你。唉，谁想到你竟忽然去世了呢！我和你年纪都还很轻，我心里总以为虽然我们暂时分手，最后总会长久相聚在一起的，所以我才离开你，去京都作客，当一名小官，赚一份微薄的薪水。如果我事先知道现在这种情形，哪怕是最高的官位，最好的待遇，我也不肯离开你一天去就任的。

去年，孟东野到你那边去，我曾经托他带信给你说："我的年纪虽然还没满四十岁，可是我两眼的视觉已经有点模糊了，头发也灰白了，牙齿也晃动了。想到叔、父和哥哥他们身体都很健康强壮，可是很早就已经去世，像我这样身体衰弱的人，还有希望活得长久吗？我没法到你那里去，你又不愿到我这里来，说不定我哪天就会死去，那你就要十分悲哀了！"谁知道你这个年轻的反而先死，我这个年长的倒留了下来；健康的人短命，多病的人却还活着呢。唉！这是真的吗？还是我在做梦呢？难道是消息传错了吗？如果是真的，难道像我哥哥德行那么好，他的子嗣也要早死吗？以你的纯善聪明，竟不能承受他的福气吗？难道年轻的、强壮的应该早死，而年长的、衰弱的应该不死吗？简直教人没法相信这是真的！如果说这是做梦，或者消息不正确，那么，孟东野的来信，耿兰的报告，怎么会在我的身边呢？唉！这是千真万确的了。像我哥哥德行那样好的人，他的子嗣也那么早就死了；像你那样纯良聪明的人，应该好好继承家业的，竟不能承受先人的福泽了！一般人所说的天命，实在太难料了。所谓神意，真是很难了解！天底下的道理，往往不容易推断。人的寿命，更难预先知道了！虽然如此，我从今年起，灰白的头发渐渐变白了；晃动的牙齿，有的已经掉落了。体力一天比一天衰弱，精神一天比一天萎靡。还能有多少时候活在这世上，而不跟随你死去呢？如果人死了，仍旧还有知觉，那么我们分离在两地的日子也不会太久了。如果人死了就不再有知觉，那么我为你悲伤的时间，也不会多了，我将永远不悲伤了。你的孩子，现在才十岁；我的孩子，还只有五岁。年轻力壮的人尚且不能活下去，这样年幼的小孩，又怎能期望他们——长大成人呢？唉！真伤心啊！真伤心啊！

你去年信上说："最近生了软脚病，时常发作得很厉害。"我说："这种毛病，江南的人，常常会患。"我根本没把它当作一件可忧的事。唉！难道你就是为了这毛病而送命的吗？或者是另外还有疾病，才弄到这个地步呢？你的信，是六月十七号写的，但是孟东野却告诉我说："十二郎是六月二号死的。"耿兰的报告里，没有说明你死的日期。可能因为东野所派遣的人，不知道应该向家人问清楚日期，至于耿兰的报告呢，根本不知道应该说日期。东野写信给我，那日期一定是他问他派遣的人，那人随口回答他的。事情真是这样的吗？还是有别种情形呢？

现在我派建中祭奠你，同时也慰问你的儿子和你的老奶妈。他们如果暂时还能维持生活，守满你的丧期，那就等丧期满了，再接他们回来；要是不能守满丧期，那就由建中顺便接过来。其余的男女用人，也叫他们一起守你的丧。只要我的经济能力能够负担改葬，到头来一定会把你改葬到祖先的坟地上去，这样才算了了我的心愿。

唉！你什么时候生病，我不知道；你什么时候去世，我也不知道。你活在世上的时候，我不能和你一起生活；你死了以后，我又没法去看看你，向你表达哀伤。在你入殓的时候，我不能站在棺材旁边；在你下葬的时候，我又不能亲自到墓地去。唉！大概是我的行为对不起老天，因此才使你早死。我既不孝又不慈，才不能跟你生活在一起，死在一块儿。我们俩一个在天涯，一个在地角。你活着的时候，影子不能跟我的形体相依在一起；死了以后，灵魂也没有到梦里来和我相会。这都是我所造成的，又有什么好埋怨的呢？老天呀。这到底是怎么回事呢？从今以后，我活在这世上也没有什么意思了！现在我只想在伊水和颍水岸上，买下几百亩的田地，来度过我的后半辈子，一方面教导我的儿子和你的儿子，希望他们能够好好的长大成人；抚养我的女儿和你的女儿，一直等到她们出嫁，一切就只是这样罢了。唉，话是说得完的，但是情感却永远没有完了的时候！你到底能够知道呢？还是完全不知道？唉，真是哀痛极了！现在只希望你来享用这些祭品！

【赏析】

这篇文章的一大特色是以兄弟的情感来写叔侄的情感。因为韩愈父亲早死，母亲又改嫁，完全靠大哥大嫂抚养长大，所以跟十二郎名分上是叔侄，实际情感上却近似兄弟，这就比一般叔侄更亲切了。何况韩家两代单传，两人的关系更不寻常。本文充分表达了这种至情至性。

凡是祭文，最忌讳的是虚情假意，或说些不着边际、过分溢美的话，韩愈这篇《祭十二郎文》，大部分是在回忆中表现亲情，在亲情中流露哀伤，因此是一篇感人的佳作。

在技巧上，它比前面选的三篇来得朴素自然，这跟题材和对象直接有关。在情感的流露上，也远比前两篇直接、强烈。

哀祭类的文章，古时多半用来祭告天地、山川、社稷、宗庙；后代的祭文，多半用来祭奠死人，所以不再偏于颂祝，而主要在表现哀悼和思念。祭文的体裁，有散文的，也有用韵文的；韵文又有四言（每句四字）、六言（每句六字）、杂言（每句字数不定）、骚赋、骈俪（每两句对仗，偶然也夹着一句对一句的片）等。其中以散文、四言、骚赋用得最多，这篇文章就是散文。

写作的时间是唐德宗贞元十九年（803），十二郎死后不久。

全文共分七段：

第一段说祭奠的年月日，代作者致祭的人，这是一般祭文固定的格式。

第二段进入正文，回想他和十二郎童年的孤苦情形，重心落在"两世一身"四个字上，把叔侄的情感、关系，做了不言而喻的刻画。中间用了好几个四字句，简短而有力，读来朗朗上口。

第三段叙述叔侄两人会少离多，如今十二郎突然去世，他深深后悔到京都去做官，以致不能长久相聚。这段里也运用了不少短句，尤其四字句，更多达十二句。但是最后却用比较长的句子压阵，更能表现作者心情的沉痛。尤其最后三句，各为五字、六字、十字句，愈来愈长，读起来也愈来愈凝重。中间插入"呜呼！孰谓汝遽去吾而殁乎？"不但变化文章的气势，也有石破天惊的效果。

第四段先写自己的衰弱，因而感慨衰病的人幸存、强壮的人反而先死，迷惑于天地、神明、命运的不可测，以这种方式哀悼对方的死，最为深沉。最后又说自己恐怕也难长寿，而子女还很幼小，不过也许跟十二郎相会的日子不会太远了，似乎悲哀中有安慰，其实那些告慰的话都是勉强拼凑出来的，反而足以激发更深的悲哀。这一段当中一再用自问自答的方式，来表达不能自我克制的情感。从好几个角度去设想、去推测，结果仍得不到什么满意的答案。这种作法运用得不恰当的话，很容易把文章的条理都紊乱了，但是韩愈却控制得很得体。还有，这段里分用两次"呜呼！"最后连用两次"呜呼哀哉！"配合了情感的起伏，有点像音乐中的伴奏，也值得注意。

第五段说十二郎生病和死的日子他都不知道。本来这是一桩小事，但在那种强烈的情绪笼罩下，也顿时变成严重的大事了。所以自己分析一番以后，又加上"其然乎？其不然乎？"那么急切的两句问话。

第六段交代今后对十二郎后事及家人的安排。文字虽短，却也分为四个层次。第二个层次里又分正、反两种情形。始终井井有条。

第七段是总结，把生前死后的一切，做了一个综合的陈述，又补充了他未来的安排，使十二郎格外安心。其中"吾行负神明，而使汝夭"那一段，显示了古人的习惯：凡是亲人（尤其长辈）死去，总要责备自己品德、行为不好，以致牵累了家里的人。这是谦虚的表现，也是深情厚爱的流露。这一段虚说实写合在一起，既不过于空洞，也不致有冷淡的流弊。

林西仲说："祭文中出以至情之语，以此为最。"又把本文称许为"绝世奇文"。本文虽然偶有情感泛滥的地方，但作者很快地控制住了，所以是一篇流传很广的名文。

第二章　柳宗元文选

　　柳宗元生于唐代宗大历八年（773），死于宪宗元和十四年（819）十一月八日，是唐宋八大家中寿命最短的一位——只活了四十七岁。字子厚，河东蒲州（现在的山西永济市）人。

　　他的父亲柳镇，博学能文，曾任太常博士、苏州县令、左卫率府兵曹参军，帮助郭子仪镇守朔方府（现在的内蒙古鄂尔多斯一带），后来做中侍御史，刚强正直敢说话，因而冒犯权臣被贬。母亲卢太夫人，也通晓诗书，非常贤慧，因为柳宗元是独生子，所以对他管教得特别严，以免他娇宠成性，从小便亲自教他读书。柳宗元聪明过人，四岁就能背诵古赋，十一岁跟随父亲到湖南、湖北、江西各地，所写的文章已经很出色，被父亲的朋友们争相传诵，十三岁竟代崔中丞写贺章，大家都把他当作天才少年。

　　他在德宗贞元五年（789），十七岁时，以举人的身份献诗给太常博士崔德兴，大受赏识，一时文名震动京都。贞元九年，他才二十一岁，便考中进士。那时考试的风气不太好，很多人都靠着父亲兄长的官位和财势，托人疏通提拔，宗元的父亲柳镇却不肯请托人情，因此柳宗元那么年轻便考取进士，更显得难能可贵。不久，柳镇去世，宗元又在三年后考中博学宏词科，授官集贤殿正字，就是俗称的校书郎，在宫廷里负责编辑及校刊书籍，所以韩愈为他写的墓志铭里说："他的意见都以古今书籍的记载作旁证，不论经史子集，他都能运用自如，头头是道，常能说服同座的人，名气也因此越来越大，大家都要跟他交朋友。"在长安他结识了比他大五岁的韩愈，两人不但交情很好，而且很快地成为复古运动的盟友，所以后人把他们并称为"韩柳"。

贞元十五年，柳宗元支持太学生（相当于现在的全日制高等院校学生），挽留正直不阿的国子司业（相当于大学教授）阳城，并一起讥讽、批评当时的权臣，韩愈不但写信给他，大加鼓励，还公开的支援他。

不久，柳宗元外放为陕西蓝田的县尉。他到任以后，勤政爱民，很有成绩。不过，整天在俗吏、商人中间周旋的生活使他心里非常痛苦。贞元十九年，他三十一岁时，担任监察御史（相当于现在的检察官），也跟父亲一样，不怕有权势的人，敢直截了当地说心里的话。而且他富有正义感，厌恨恶人，喜欢帮助别人，因此很多人都喜欢跟他交朋友。跟他最要好的，是和他同一年考中进士的诗人刘禹锡，以后他们两个在复古运动和政治改革上，一直是生死不渝的好友，后来又结交了清廉正直的王叔文和韦执谊。

王、韦二位在唐顺宗的信任下改革政治，宗元也成为他们手下重要的谋士，他们做了不少有利于国家的事，可惜有些地方太急切了一点，宦官和贪污的朝臣们便乘机攻击他们。宪宗即位，王、韦都坐了专权的罪名，宗元也受贬为邵州（现在的湖南邵阳市）司马，在上任途中，又贬作永州（现在的湖南永州市）司马。

永州在当时是一个没有开化的地方，生活很苦，宗元在那儿尽量研究学问，游山玩水，写了著名的《永州八记》和《封建论》等好文章，一面仍提倡古文运动。

在永州熬了十年，宪宗元和九年（814）十二月，才奉诏调回长安。谁知反对派仍旧不肯饶他，十年二月，又贬去做柳州（现在的广西柳州市）刺史。

柳州地方更远，也更荒凉，宗元教人民耕田织布，改善生活，建造庐舍，制造车船，订定解放奴隶的办法，有几千人因而得到自由。他又修建孔庙，教人民读书，社会上也就渐渐有了礼法。短短的四年里，使柳州面目一新。但是他自己却患了毒疮和霍乱，终于死在柳州。

柳宗元一方面崇尚儒家，一方面也接受佛家思想的精华，他的思想是博大的，而且也似乎比韩愈的深刻。

他的文章韩愈曾称许为"雄深雅健"，像司马迁。他最擅长的是游记和寓言。游记细腻而幽冷，精彩美妙，寓言也妙趣横生，自然而然地寄托了许多国家、人生的大道理。他又喜欢在文章里用古字和偏僻的字，朱熹说他的文章"高古"，除了指内容意境以外，这大概也是一个原因。

箕子碑

凡大人^①之道有三：一曰正蒙难^②，二曰法授圣^③，三曰化及民^④。

殷^⑤有仁人曰箕子^⑥，实具兹^⑦道，以立于世，故孔子述六经之旨，尤殷勤焉。当纣之时，大道悖乱。天威之动不能戒^⑧，圣人之言无所用。进死以并命^⑨，诚仁矣；无益吾祀，故不为。委身以存祀^⑩，诚仁矣；与亡吾国，故不忍。具是二道，有行之者矣。

是用保其明哲，与之俯仰。晦是谟范^⑪，辱于囚奴。昏而无邪，隤（tuí）^⑫而不息。故在《易》曰："箕子之明夷^⑬。"正蒙难也。

及天命既改，生人以正。乃出大法，用为圣师，周人得以序彝伦^⑭而立大典。故在《书》曰："以箕子归作《洪范》^⑮。"法授圣也。

及封朝鲜，推道训俗。惟德无陋，惟人无远。用广殷祀，俾^⑯夷为华，化及民也。率是大道，藂（cóng）^⑰于厥躬。天地变化，我得其正。其大人欤！

於虖（hū）^⑱！当其周时未至，殷祀未殄（tiǎn）^⑲。比干^⑳已死，微子^㉑已去。向使纣恶未稔（rěn）^㉒而自毙，武庚^㉓念乱而图存，国无其人，谁与兴理？是固人事之或然者也。然则先生隐忍而为此，其有志于斯乎？

唐某年，作庙汲郡^㉔，岁时致祀。嘉先生独列于《易》象，作是颂云^㉕。

【注释】

① 大人：有德行的人，伟大的人。

② 正蒙难：为了正义而冒险犯难，像箕子为了劝谏商纣而被囚禁，就是一个例子。

③ 法授圣：把一种传道的方法教给圣人。

④ 化及民：施教化在人民身上。

⑤ 殷：商朝从盘庚迁都到殷（现在的河南淇县）以后，便又称作殷朝。

⑥ 箕子：商纣的叔父，因为谏纣被囚禁，假装发疯，被充做奴隶。周武王灭了殷商，箕子便带了五千人避开他，到朝鲜去做国王。

⑦ 兹：此，这种。

⑧ 戒：引以为戒，警惕。

⑨ 进死以并命：指比干的事。比干也是纣的叔父，劝纣不听，反被纣所杀。并命，拼命，连命也送了。

⑩ 委身以存祀：指微子的事。微子是纣的庶兄（不是原配的母亲所生的儿子），也屡次劝纣，不听，便离开了朝廷，以保存商朝的血统和维持宗庙的祭祀。

⑪ 晦是谟范：晦，藏。是，此。谟，谋。范，法。

⑫ 陨：失败，挫败。

⑬ 明夷：《易经》六十四卦之一，䷣，象征太阳落入地下，

光明磊落的人受到了伤害或挫败。它的爻辞六五（指由下数起第五爻：--）说："箕子之明夷。"意思是说，箕子以一个宗室的大臣而待在黑暗的地方，遇到昏暴的君主，但仍旧能够坚守自己的节操，是一个模范。

⑭彝伦：常伦，伦常。

⑮《洪范》:《书经·周书》里的一篇。洪，大，范，典范，就是前面说的"大法"，《洪范》是禹制定的，箕子再把它扩展发扬，来传授给周武王。

⑯俾：使。

⑰藂：同"丛"。

⑱于虖：等于"呜呼"。

⑲殄：灭，绝。

⑳比干：纣的叔父，谏纣不听，被他所杀。

㉑微子：纣的庶兄。

㉒稔：熟，满盈。

㉓武庚：殷纣的儿子，周朝统一天下以后，周公把他封为殷朝的后嗣。

㉔汲郡：现在的河南汲县。

㉕云：句尾助词，有"如此""这样"的意思。

【译述】

一个伟大的人应该具备三个条件：第一，为正义不惜冒险犯难；第二，把传道治国的方法教给圣贤；第三，教化人民。

殷商的时候，有一位仁人名叫箕子，便具备了这些条件，而且以这些条件立身在社会上。所以孔子叙述六经的旨意时，对于他的事特别强调。商纣的时代，天下悖逆混乱，老天的威势已经不能警惕他，圣人的话他也当作耳边风。冒死进谏，的确可以算得上是仁了，但是因为对于自己的国家没什么好处，所以他不愿这样做。保全自己，来维持宗庙社稷的祭祀，也可以算是仁；但是要眼看自己的国家灭亡，所以他不忍心这样做。这两种做法已经有别人实践了。

因此他保全他光明磊落的生命，暂时和世俗的人混在一起，把自己的谋略隐藏起来，委屈在奴隶群中。他虽然不得志，但是不做不合道理的事；他虽然失败，但是仍不停地努力。所以《易经》上说："一个宗室的大臣，待在黑暗的地方，遇上一个昏庸的君主，可是他的节操始终是纯正的，这是箕子的卦象。"正是说他能够为了正义而冒险犯难。

等到殷朝灭亡，周朝兴起，世上的人都走上了正轨，于是他就拿出治天下的九类大法教授给周武王，做了圣人的老师。周朝的人，因此才能使伦常井井有条，也才能创立伟大的典章，所以《书经》上说："因为箕子回来制作《洪范》。"这是说他把治国的方法传给圣人。

到了他被封在朝鲜的时候，就推广大道，教化老百姓。一切只讲道德，不管贵贱；一心教人，不管远近。因此扩展了殷朝的文化，使夷狄变成中国，这是他教化的成功。这些美好的德行都聚集在他身上。无论天地怎样变化，他始终是纯正的，他真不愧是一位伟人啊！

唉！在周朝还没有建立，殷朝还没有灭亡的时候，比干已经给纣杀了，微子也离开了；假使纣的罪恶还没有满盈，就死去了，武庚忧虑国家的纷乱，想要拯救危亡，但是当时国内已没有贤人志士了，谁跟他一起来治理国家呢？这种事本来是很可能会发生的。这样说来，箕子先生这样地忍耐受辱，也许就是有这种安定天下的志向吧？

唐朝某一年，在汲郡建立了一座箕子庙，以后每年人们都按时节祭祀。我佩服先生独独有资格列名在《易经》的象辞里，所以写了这篇颂词。

【赏析】

本文属于碑志体。

箕子是商纣的叔叔，名叫胥余，封子爵，掌管箕国的土地。商纣残暴，箕子劝谏他，他不肯听，于是箕子就佯狂为奴，以免杀身的灾祸。周武王打败了商纣，箕子作《洪范》，告诉武王治国平天下的方法。武王很尊敬他，不把他当臣子看待，把他封在朝鲜。现在的朝鲜平壤市，还有箕子墓。唐朝河南汲县的人民，建筑了一座箕子庙纪念他，柳宗元便写了这篇碑志文歌颂他。

全文共分七段：

第一段从大处着眼，列举出伟大人物所应该具备的三个条件，言简意赅，但分量很重，等于为全篇文章建立了一个坚实的骨架。

第二段说比干为国牺牲，微子为国流亡在外，都可以算是"仁"的表现，但是箕子有更远大的打算，不忍心像他们一样地做。这段用一个比两个的方式来展开，始终没有把比干、微子的名字说出来。最后只说："具是二道，有行之者矣。"实际上他们的所作所为，正好映衬出箕子的高明伟大：那两句话跟"实具兹道，以立于世"遥遥对峙。

第三段写箕子佯狂作奴，冒险犯难而伸张正义，是响应第一段的"一曰正蒙难"。

第四段说箕子把《洪范》传授给武王，又是呼应首段的"二曰法授圣"。

第五段说箕子如何教化朝鲜人民，又跟第一段的"三曰化及民"互相呼应。这一连三段多用四字句，尤其本段，更是十二句全是四字，形成一种和谐有力的效果。

第六段说箕子之所以这样做，是有志于救国救民。假使纣先死了，武庚想治理天下，就必须有箕子这样能忍耐、有远见的人来协助他。"比干已死，微子已去"是为第二段点睛，也使全文的组织更显得严密。

第七段叙述作碑文的动机。"嘉先生独列于《易》象"又应和了第三段的"箕子之明夷"。

整个看来，除了一头一尾之外，第三、四、五段是三根主线，第二、第六段是两根辅线。

此外，叙述、议论自然糅合，而以议论始、以叙事终的作法也是值得学习的。

种树郭橐驼传

　　郭橐（tuó）驼①，不知始何名。病偻（lóu）②，隆然伏行③，有类④橐驼者，故乡人号之"驼"。驼闻之，曰："甚善，名我固当⑤。"因舍其名，亦自谓橐驼云。

　　其乡曰丰乐乡，在长安⑥西。驼业种树，凡长安豪富人为观游⑦及卖果者，皆争迎取养。视驼所种树，或移徙，无不活；且硕茂⑧，蚤实以蕃⑨。他植者虽窥伺⑩效慕，莫⑪能如也。

　　有问之，对曰："橐驼非能使木寿且孳⑫也，能顺木之天以致其性焉尔。凡植木之性，其本欲舒⑬，其培欲平⑭，其土欲故，其筑欲密⑮，既然已，勿动勿虑⑯，去不复顾。其莳⑰也若子，其置也若弃，则其天者全，而其性得矣。故吾不害其长而已，非有能硕而茂之也；不抑耗⑱其实而已，非有能蚤而蕃之也。他植者则不然：根拳⑲而土易⑳；其培之也，若不过焉，则不及。苟有能反是者，则又爱之太殷，忧之太勤。且视而暮抚，已去而复顾。甚者爪其肤以验其生枯，摇其本以观其疏密，而木之性日以离矣。虽曰爱之，其实害之；虽曰忧之，其实仇之㉑；故不我若㉒也，吾又何能为哉？"

　　问者曰："以子之道，移之官理，可乎？"驼曰："我知种树而已，官理非吾业也。然吾居乡，见长人者㉓，好烦其令，若甚怜焉，而卒以祸。且暮，吏来而呼曰：'官命促尔耕，勖（xù）㉔尔植，督尔获，蚤缫（sāo）㉕而绪，蚤织而缕㉖，字㉗而幼孩，遂㉘而鸡豚！'鸣鼓而聚之，击木而召之。吾小人辍飧饔㉙以劳(láo)㉚吏者，且不得暇，又何以蕃㉛吾生而安吾性邪？故病且怠。若是，则与吾业者，其亦有类乎？"

问者嘻㉜曰："不亦善夫㉝！吾问养树，得养人术。"传其事以为官戒也。

【注释】

① 橐驼：就是骆驼。橐，没底的布袋。因为郭氏背部隆起，像一只布袋一样，所以人家叫他郭橐驼。

② 病偻：俯着身子，脊椎骨朝上。"病偻"就是患了驼背的病。

③ 隆然伏行：隆，高，突起。伏行，弯身对着地走路。

④ 有类：有点像。

⑤ 名我固当：这样称呼我本来就很恰当。名，当作动词用。

⑥ 长安：唐朝的京都，就是现在的陕西西安市。

⑦ 观游：观赏，游玩。

⑧ 硕茂：大而茂盛。

⑨ 蚤：早。实：结实。以：而且。蕃：多。

⑩ 窥伺：偷看。

⑪ 莫：没有人。

⑫ 孳：同"滋"，茂盛。

⑬ 本：根。欲舒：要求它舒展。

⑭ 培欲平：培植要求其平均。

70

⑮ 筑欲密：椎筑要求其坚密。

⑯ 虑：忧虑它活不了。

⑰ 莳：种。

⑱ 抑：抑制，压制。耗，损害或消灭。

⑲ 根拳：根拳曲而不能舒展。拳，曲的意思。

⑳ 土易：换了别的地方的泥土。

㉑ 仇：把它当仇人，害它。

㉒ 不我若：不如我。因为是否定句，文言中习惯倒装。

㉓ 长人者：治理人的人，指官吏。

㉔ 勖：勉励。

㉕ 缫：同"缲"，抽茧成丝。

㉖ 缕：布。

㉗ 字：养育。

㉘ 遂：长，养大。

㉙ 飧饔：熟食。早上的叫饔，晚上的叫飧。

㉚ 劳：慰劳，接待。

㉛ 蕃：昌盛。

㉜ 嘻：笑，也可作赞叹声。

㉝ 夫：通"乎"。

【译述】

郭橐驼，不知道原来叫什么名字。他有驼背的毛病，走路的时候，背上凸起一大块，脸朝着地面，有点儿像骆驼的样子，所以乡里的人就给他取了一个外号，叫作"橐驼"。他听到了以后说："很好！这样子叫我，实在很恰当。"于是他就不用自己原来的名字，也叫自己"橐驼"了。

他的家乡叫丰乐乡，在长安西边。他以种树为职业，在长安这一带，只要是有钱有势的人家，为了游玩观赏而需要树木的，还有卖水果的人，都争先接他到家里去，并且好好地款待他。看他所种的树，有的移植到别的地方去，没有不活的，而且长得很高很茂盛，果子结得既早又多。别的种树的人，就是偷偷地观察，想学习他种树的方法，也没有哪一个人能够比得上他。

有人问他为什么，他回答道："我并没有什么秘诀，能够让树活得很长久，长得很茂盛，只不过是顺着树的天性，让它尽量地发展罢了。种树的要诀是顺着树的本性：根要舒放，培土要匀，根上要多带旧土，种好以后，四周的土要踩得紧紧实实的。一切都弄好了以后，就不要再去动它，忧虑它，自己走开，不再回头去看它。种它的时候，很小心，好像照顾自己的孩子一样。种好了，就把它搁在一边，就像把它抛弃了似的。这样它的天性就可以保全，而且可以自由发展了。所以我不过是不妨害它的生长罢了，并不是有什么秘诀能使它长得很高大，很茂盛；不过是不压制不损伤它的果子罢了，并不是有什么诀窍能使果子结得早，结得多。别的种树的人，跟我不一样，他们使树根弯曲着，根上的旧土也换成了新的，培土的时候，不是土太多就是太少。如果有人不是像这样粗心乱来，又往往爱得太周到，担心得太过分，早晨去看，晚上去摸，走开了又回头去瞧瞧，甚者还抓破树皮，好查验它的死活，摇摇树根，试试泥土的松紧。这样一来，树的本性就一天天地消失了。说是爱它，其实是害它；说是惦记它，其实是把它当仇人。所以他们比不上我，我又哪里有什么特别的才能呢？"

问他的人又说："把你的办法运用到政治上，行不行？"橐驼说："我只懂得种树，政治我可是外行。但是我住在乡村里，看见那些做官的，老是喜欢左发一个命令，右发一个命令，好像很怜爱老百姓，结果却给他们带来了灾祸。早晚都有指导人员跑来叫道：'政府命令我来催你们耕田，鼓励你们种植，督促你们收获。要你们早些抽丝，早些织布。要好好地抚育你们的小孩，把你们的鸡和小猪都饲养好。'一会儿敲鼓聚合老百姓，一会儿又打梆子召集大家。这样我们这些做小老百姓的，就是不吃早餐晚饭，来慰劳、接待这些官员，还忙不过来呢，又怎么能增加生产，过自在安乐的日子呢？所以疲劳痛苦得很。像这种情况，跟我所从事的种树工作，不是有点儿相像吗？"

发问的人笑着说："这岂不是太好了吗？我问怎么种树，结果却知道了治人的方法。"所以我替郭橐驼写这篇小传，好作为那些官员的参考，使他们有所警惕。

【赏析】

本文的体裁属于传状类，用现在的说法，就是传记。

中国的传记一向都偏于短篇，而且差不多都是正史的一部分，独立的传记大概到魏晋以后才逐渐发展起来。像陶渊明的《五柳先生传》就是一篇很有名的自传。自传中最长的一篇，大概该推苏辙的《颍滨遗老传》了，它一共有两万多字。有些小传，传主是小人物，乍看似乎不值得为他写传记，但是仔细看去，才知道那是一篇别有寄托的文章，简直跟寓言差不多。韩愈的《毛颖传》是一个例子，本篇也是。

柳宗元在本篇里发扬老子"无为而治"的政治哲学，非常透彻，也十分得体。因为所谓"无为"，并不是"什么也不做"的意思，而应该是"该做的就做，不该自己做的就让别人或部下做，根本没有必要做的就不做"。种树和治理国家，都是一样的道理。不过用种树来说明，似乎更具体，更清晰罢了。

全文一共分成五段：

第一段叙述郭橐驼这个绰号的由来。由"甚善！名我固当"，这两句话里，已经可以看出他的一部分性格和人生观：随和，顺应自然。这跟全文的主旨是有密切关系的。

第二段记述郭橐驼善于种树的情形，以及其他人对这件事的反应——"争迎取养""窥伺效慕"，把他的"不平凡"的身份烘托出来：他虽然只是一个种树的专家，却已经不愧为一个成功的人物了。正因为这样，他在下面所说的话才更容易使人相信。

第三段是本文中最长的一段，也是表面上的重心所在。他怎么种树？为什么比别人成功？原理和细节都在他自己的回答中交代清楚了。"顺木之天以致其性"是原理，也就是我在前面所说的"顺应自然"。"其本欲舒"以下四句，便是细节，连用四个四字句，简洁有力，给人很深的印象。下文在"既然已"之下又连用两个四字句，文势强劲，使读者有一种理直气壮的感觉，同时作者也已兼顾到节奏上的变化。后半再说其他种树人做法上的错误，一方面是对照性的写法，一方面也为下一段埋下伏笔。

第四段才是本文真正的重心：爱民和扰民，有时候只相差一点点。譬如一个热爱丈夫的妻子，成天纠缠着丈夫，使他连工作都不能好好地做，那不是反而害了他吗？所以郭橐驼只用"若是，则与吾业者，其亦有类乎？"三句话作结论，比照上一段，言外之意已经昭然若揭了。此外，"勖尔植"等三字句，和"蚤缫而（通'尔'）绪"等四字句的配合运用也很成功，可以媲美韩愈在这方面的成就。

第五段说出作传的动机，也正好为全文作一总结。

其实文中的问答，很可能部分是作者假设的，主要是为了达成寓言文章的目的。

这篇文章虽然寄托着很深远的意义，但写来很有趣味，使人如历其境，如见其人。尤其第四段描写那些地方官吏的嘴脸，完全用对话表现，真可说是入木三分。

始得西山宴游记

　　自余为僇（lù）人①，居是州，恒惴栗②。其隙（xì）③也，则施施（yì）④而行，漫漫⑤而游。日与其徒上高山，入深林，穷回溪⑥；幽泉怪石，无远不到。到则披草而坐，倾壶而醉；醉则更相枕以卧，卧而梦，意有所极⑦，梦亦同趣⑧。觉而起，起而归。以为凡是州之山水有异态者，皆我有也，而未始知西山⑨之怪特。

　　今年九月二十八日，因坐法华西亭⑩，望西山，始指异之。遂命仆过湘江⑪，缘染溪⑫，斫榛莽⑬，焚茅茷⑭，穷山之高而止。攀援而登，箕踞⑮而遨⑯，则凡数州之土壤，皆在衽⑰席之下。其高下之势，岈（xiā）然⑱洼然⑲，若垤（dié）⑳若穴，尺寸千里，攒蹙㉑累积，莫得遁㉒隐。萦㉓青缭㉔白，外与天际㉕，四望如一。然后知是山之特出，不与培塿㉖为类。悠悠㉗乎与灏气㉘俱，而莫得其涯；洋洋㉙乎与造物者游，而不知其所穷。

　　引觞满酌，颓然就醉，不知日之入㉚。苍然暮色，自远而至，至无所见，而犹不欲归。心凝㉛形释㉜，与万化冥合㉝。然后知吾向㉞之未始游，游于是乎始，故为之文以志㉟。

　　是岁，元和四年㊱也。

【注释】

　　①僇：通"戮"。"僇人"，本来是说不完整的人，残疾的人，在本文里指受贬谪的人。

76

②惴栗：害怕。

③隙：空暇，空闲。

④施施：慢慢走的样子。

⑤漫漫：放任地，自在地。

⑥回溪：曲折的溪水。

⑦极：至，到。

⑧趣：趋，向。

⑨西山：在湖南零陵县西，隔河二里，由朝阳岩起到黄茅岭北，长好几里。

⑩法华西亭：在县城东的法华寺中，宋朝改名叫万寿寺。

⑪湘江：湘江经永州西十余里。

⑫染溪：在永州西一里，水色蓝。

⑬斫：砍。榛：丛树。莽：丛草。

⑭茷：通"茇"，草根。

⑮箕：伸开两脚，像畚箕一样。踞：坐。

⑯遨：游戏。

⑰衽：卧席，被单。

⑱岈然：山深的样子。

⑲洼然：深广的样子。

⑳垤：蚂蚁窝。

㉑攒：聚。蹙：促迫。

㉒遁：逃避。

77

㉓ 萦：旋绕。

㉔ 缭：缠。

㉕ 际：合。

㉖ 培塿：小阜，小土山。

㉗ 悠悠：遥远的样子。

㉘ 灏气：浩气，广阔的天空气象。

㉙ 洋洋：广大。

㉚ 日之入：太阳西下，黄昏的时候。

㉛ 心凝：意识安定。

㉜ 形释：忘我。

㉝ 冥合：合而为一。

㉞ 向：以前。

㉟ 志：通"誌"，记。

㊱ 元和四年：公元809年，柳宗元正在永州做官。

【译述】

自从我被贬，来到本州，心里一直很惶恐。有空的时候，就缓缓地散步，潇洒地出行。每天跟我的亲信登上高山，进入深林，走近曲折的溪水。不管是幽僻的泉水，还是奇怪的大石，也不管路有多远，我差不多都走到看到了。到了一个地方，就坐在草地上，由酒壶里斟出酒来，一直到喝醉为止；醉了以后，就彼此拿别人的身子当枕头，躺在一起，睡着了就做梦。心意所到，梦里也会出现同样的情境。睡醒了就站起来，然后回家。我心中以为这一州里所有姿态不寻常的山水，都已经属于我了，可是我还不知道西山的奇特。

今年九月二十八日，因为坐在法华寺的西亭里，偶然望见西山，才指指点点的，感到惊讶。于是带了仆人渡过湘江，沿着染溪，砍断沿途的丛树丛草，烧掉一些茅草，一直到西山的顶峰。我们攀爬着上了山峰，像畚箕一样地坐着，心旷神怡地欣赏风景：只见附近几州的土地，都在我们所坐所躺的地方下边。西山高高低低的形势，十分幽深，像蚁窝，像洞穴，一尺一寸都好像蕴藏了千里之远，紧紧地聚集在一起，完全没法隐避。四周萦绕着青翠的山、白色的云，外边又跟天空合一，四面望去，简直分辨不出哪是山，哪是天。这才知道这座山的特出，不跟小土山为伍。神态悠远，跟天空的浩气并存，而看不到它的边际；形体广大，跟老天相交游，而没有人知道它的尽头。

大家举起酒杯，倒满了酒，喝得东倒西歪，也不觉得太阳下山了。苍灰的暮色，由远处推展到近处，一直到什么都看不清楚了，还不想回去。心神安宁，进入忘我的境界，和宇宙万物合而为一。这才知道我以前并没有真正的游山玩水，今天才是游玩的开始。所以特地写这篇文章，把经过记下来。

今年是元和四年。

【赏析】

本文是一篇游记，属于记述文。

柳宗元是中国古代的大游记家之一，可以和后来明末的徐霞客媲美（作者曾有《读徐霞客游记》一文，收在台湾商务版的《中国文学散论》中，可以参看）。他的游记简洁而有力，又能给人一种幽冷的感觉，正好跟他热情的个性形成一个有趣的对比。我们未尝不可以说，它们是冷中有热的妙品。

本文分四段：

第一段写柳宗元到永州做官以后，四处游山玩水，但一直没注意到西山的奇特。他特地把游西山前的宴游写得酣畅淋漓，以反衬下文。末句才透出一点消息，伏下以后种种情景。

第二段以平淡闲适的笔调，好像不经意地写到本题的正面——"始得西山"的经过。这一"始"字，正好与上一段的"未始"相呼应。至于刻画西山的美妙形态，更一连用了八个四字句，尤其"萦青缭白"以下三句，更是气象雄伟悠远，可说是神来之笔。

第三段再写上了西山的人的行止感受：酣醉、日入、暮色渐至，于是忘我入神，真正达到了天人合一的境界。尤其写暮色的由远而近，更是微妙到了极点。最后又以"知吾向之未始游，游于是乎始"回还反顾，照应了第一段末和第二段的开始，结构真是完密。

第四段补述时间——年代，因为月日已经在第二段交代了。这一笔法，可以帮助读者把紧张专注的心思放松下来。

　　清人何义门认为，这篇文章不只描写景物十分工巧，还寄寓着言外之意。它的言外之意是什么？该是拿来象征人生的境界：所谓"一山更比一山高"。人生的追求是永远没有止境的。当柳宗元自以为"凡是州之山水有异态者，皆我有也"的时候，他其实是落在"自满"的陷阱里。一直到他游赏了西山的美景，感受到"与万化冥合"的境界，才算是真正的领悟了人生的真谛。

钻鉧潭记

钻鉧（gǔ mǔ）潭①在西山西。其始盖冉水②自南奔注③，抵山石，屈折东流。其颠委④势峻，荡击益暴⑤，啮⑥其涯，故旁广而中深，毕⑦至石乃止。流沫成轮⑧，然后徐行。其清而平者，且⑨十亩。有树环焉，有泉悬焉。

其上有居者，以予之亟（qì）⑩游也，一旦款⑪门来告，曰："不胜官租私券⑫之委积⑬，既芟（shān）⑭山而更居，愿以潭上田，贸⑮财以缓祸。"予乐而如其言⑯。

则崇其台，延⑰其槛，行其泉，于高者而坠之潭，有声潨（cóng）然⑱。尤与中秋观月为宜⑲。于以见天之高，气之迥⑳。孰使予乐居夷㉑而忘故土者？非兹潭也欤㉒？

【注释】

① 钻鉧潭：钻鉧，熨斗。钻鉧潭在永州西五里，是冉溪的水流所汇集，在西山西麓，形状像熨斗。

② 冉水：一名冉溪，在零陵县西南。

③ 注：灌。

④ 颠:顶。颠委，就是源委，但这里只取"源"的意思，"委"字的意思从略，就像"得失"往往只取"失"字的意思一样。

⑤ 暴：疾，急剧。

⑥ 啮：咬，侵蚀。

⑦毕：终，最后。

⑧轮：通"沦"，水受了小风，形成水纹，转动如车轮。

⑨且：将近，差不多有。

⑩亟：几次，再三。

⑪款：叩，扣，敲。

⑫私券：私人契据，借据。

⑬委积：积了少数叫委，积了很多叫积。这里只取"积"的意思。

⑭芟：除草。

⑮贸：买。

⑯如其言：照他的话做。

⑰延：延长

⑱溧：两水相会合，小水流入大水流。

⑲尤与中秋观月为宜：十亩清潭上面，有一轮明月，冷月照寒波，寒波映冷月。于是月亮的高寒，因为潭水而更显著；潭水的幽冷，也因为月光而更清逸。世间最清幽冷寂的美景，只有在这种环境里才能领略。

⑳迥：远。

㉑居夷：《论语·子罕》："子欲居九夷。"想隐居的意思。

㉒欤：吗。

【译述】

钻鉧潭在西山的西边。最初是冉溪从南方奔流而来,遇到山石阻挡,便折过去改向东方。它的源头形势高峻,冲击得很急剧,侵蚀了它的边缘,所以四周广大而中间特别深,一直到碰到石头为止。水沫先变成轮子的形状,然后又慢慢往前流。清而平的部分,大约将近十亩。周围有树木环绕,有泉水悬落。

潭边有一户住家,因为我再三去那儿玩,有一天早上特地来敲我家的门,告诉我说:"官租和私人的借据已经积了好多,我实在负担不了了,现在已经在山上除了草,搬过去住了。我愿意把潭边的田地卖给你,好还债免祸。"我很高兴,就照他的话做了。

买了那块地以后,我就建筑高台,延长栏杆,让高处的泉水流入潭中,发出潺潺的声音。这风景尤其适合中秋赏月。在这环境里,可以看到天庭的高阔,秋气的悠远。是谁使我有隐居蛮荒而忘记故乡的心思的?岂不是这个钻鉧潭吗?

【赏析】

这篇记述文,可说介乎游记与家居记之间,因为照文章里所说的,钻鉧潭实际上等于成了他的私产——他在潭边造了一幢别墅式的高台。

在柳宗元的《永州八记》里,这一篇是紧跟着《始得西山宴游记》而来的,但是若就本文单独而论,可以说是破空而来:"钻锅锅潭在西山西"一句，简练干脆，开门见山。接着正面刻画钴锅潭的形状、源流、面积和特色，每一笔都好像砍削过、提炼过的，把那幽冷的意境渲染得很生动。

第二段写买潭的经过，古朴简洁。主要是记卖潭人的话。但"贸财以缓祸"这句话，似乎也为全文铺设了一个背影。

第三段是本文的精华。先叙述作者修整潭边建筑的情况，接着描写潭的神态，而不是细写潭上的景色。最精彩的是："……于以见天之高，气之迥。"上句说到潭边最宜中秋赏月，是因为月光和潭水互映，高寒、幽冷，两两成趣；这两句是更进一步细写潭的精神：秋天浓云都散，万里如洗，所以只觉得天空特别高；草木零落，稻稼都已收割，大地显出一片萧条的景象，远远望去，毫无阻隔，所以觉得秋气特别辽远。但是这两种境界，一天到晚在世俗里追逐名利的人是完全没法体会的，一定要到这样幽冷的地方来静坐静赏，才能领略，所以要写出"于以见"三个字。不管是中秋的月色、天空的高旷、秋气的悠远，都不是潭本身的景物，但是必须有潭水的幽冷，才能衬托出它们的清逸美妙，所以说这是写潭的精神，而不是写它的外表。

最后则写到作者抑郁难说的情怀，在凄凉中有安慰。柳宗元才高志大，现在却被远贬在荒僻的地方，心情自然是非常悲凉忧闷，没有一天不思念故乡和京都，极少快乐的事情。但这么寂寞的一颗心，却遇上了这么幽冷的景象，正像在茫茫人海中，本来没有知音，忽然碰到一个同病相怜的人，在悲伤忧愁之中，得到一些安慰。也就靠了这一时的安慰，暂时忘记羁旅的悲愁。可是仔细想想看：这种快乐，又岂是衷心的快乐呢？不过是在涕泪中暂展愁眉，在伤心的底色上，涂抹上一些快乐的碎点罢了。

这种以乐衬哀的写法，最曲折，也最深沉，有心人读来，难免会泪随声下，凄楚不已。

钻鉧潭西小丘记

得西山后八日，寻山口西北道二百步，又得钻鉧潭。西二十五步，当湍（tuān）①而浚②者为鱼梁③。梁之上有丘焉，生竹树。其石之突怒④偃蹇⑤，负土而出，争为奇状者，殆不可数：其嵚（qīn）然⑥相累⑦而下者，若牛马之饮于溪；其冲然⑧角列⑨而上者，若熊罴⑩之登于山。

丘之小⑪，不能一亩，可以笼而有之⑫。问其主，曰："唐氏之弃地，货⑬而不售⑭。"问其价，曰："止四百。"予怜而售之⑮。李深源、元克己⑯时同游，皆大喜，出自意外。即更取器用，铲刈秽草，伐去恶木⑰，烈⑱火而焚之。嘉木立，美竹露，奇石显。由其中以望，则山之高，云之浮，溪之流，鸟兽之遨游，举⑲熙熙⑳然回巧㉑献技，以效兹丘之下。枕席而卧㉒，则清泠之状与目谋㉓，瀯瀯㉔之声与耳谋，悠㉕然而虚者与神谋，渊然㉖而静者与心谋。不匝㉗旬而得异地者二，虽古好事之士㉘，或未能至焉。

噫！以兹丘之胜，致之沣㉙、镐（hào）㉚、鄠（hù）㉛、杜㉜，则贵游之士㉝争买者，日增千金而愈不可得㉞。今弃是州也，农夫渔父，过而陋之。价四百，连岁不能售㉟；而我与深源、克己独喜得之。是其果有遭乎㊱？书于石，所以贺兹丘之遭也。

【注释】

① 湍：河水回流的地方。

②浚：深。

③鱼梁：堰石障水，中间是空的，可以让鱼虾往来，相当于现在的石桥。

④突怒：石头突出，像发怒的样子。

⑤偃蹇：偃，仆下。蹇，不正。

⑥嵚然：石头耸立的样子。

⑦相累：层层相叠。

⑧冲然：向前冲的样子。

⑨角列：兽角排列的样子。

⑩罴：就是人熊，身体比熊大。

⑪丘之小：小丘在零陵县西。丘，小土山。

⑫笼而有之：占有它很容易的意思。笼，用笼子罩住它。

⑬货：卖。

⑭售：卖掉，有人出价买下。

⑮怜而售之：同情它没人买，付钱买下。

⑯李深源、元克己：两人都是柳宗元的朋友。

⑰恶木：不成材、没有用的树木。

⑱烈：猛烈，形容火势。

⑲举：全部。

⑳熙熙：和乐的样子。

㉑回巧：卖弄技巧。

㉒枕席而卧：枕石席地躺着。

㉓ 谋：合。

㉔ 潺潺：水声清幽。

㉕ 悠：远。

㉖ 渊然：水很深的样子。

㉗ 匝：满。

㉘ 好事之士：喜欢做优雅的事（像游山玩水）的读书人。

㉙ 沣：陕西鄠县，现属西安市鄠邑区。

㉚ 镐：现在的陕西西安市长安区西南。

㉛ 鄠：原称鄠县，现在的陕西西安市鄠邑区。

㉜ 杜：现在的陕西西安市长安区东南。

㉝ 贵游之士：贵族人士，上流社会的人。

㉞ 愈不可得：山川和人一样，所处的地位不同，身价便也不一样。小丘如在中原一带，大家一定争购而不容易买到。

㉟ 连岁不能售：一连好几年都卖不出去。

㊱ 果有遭乎：果然有意外的奇遇吗？

【译述】

　　我发现西山以后的第八天，在山口西北路大约二百步的地方，又发现了钴鉧潭。钴鉧潭的西边，大约二十五步，在那流急水深的地方，是一座石桥。石桥上面，有一座小山丘，长着许多翠竹和绿树。那儿的石头，像发怒一样的突出，像跌倒一般地歪躺，都从地下背着泥土露出来，争着做出各种奇奇怪怪的模样，几乎

89

数也数不清。那些耸立着、一个个叠在一起、对着下面的石头，就好像一群牛马在溪里饮水一样。那些向前冲、一个个像兽角似的排列着、对着上面的石头，就好像一群熊，正向山上攀登一样。

山丘的面积还不满一亩，好像可以用笼子罩起来，把它占为自己的一样。我去问这个地方的主人，他说："这是唐家不要的地方，想卖都卖不出去。"我问他要卖多少钱，那人回答道："只要四百金。"我很同情他，就把小丘买下了。这时候李深源、元克己正和我一起交游，大家都很高兴，因为这是出乎意料的收获。接着大家拿了工具，铲除污乱的杂草，砍掉不好的树木，并用大火焚烧它们。这样一来，那些美好的树木，就都挺立出来了，那些漂亮的绿竹，都暴露出来了，还有那些奇怪的石头，也都显现出来了。从山丘的中央往四周眺望，那山峰高耸，白云飘荡，溪水流动，飞鸟走兽游鱼遨游着，统统都很和乐，好似艺人一样地表演着各种巧妙的特技，在这座山丘下面呈献。以石头做枕头，以大地为床单，躺在那里，眼睛看到的是那清朗的情形，耳朵听到的是那潇潇的水声，精神所接触的，是那种悠远虚空的境界，心灵所感受的，是那种幽雅宁静的情调。前后不到十天的工夫，居然发现了两个奇特的地方，哪怕是古时候那些喜欢游山玩水的人，或许也不能得到这样的好机会吧。

唉！要是这个地方的美景移放到长安、鄠县一带去，那么，那些上流社会的人，一定都会争相去购买，每天增加买价千金，反而买不到。现在却被丢弃在这个地方，连农人渔夫经过这里，

90

都不把它当一回事。开价只有四百金，一连好几年都卖不出去。只有我和深源、克己能够很高兴地得到它，这难道真的是什么意外的奇遇吗？我把这篇《钻鉧潭西小丘记》写在石头上，用来庆贺这座小丘遇到了知己。

【赏析】

本文也是游记，有人把它归为杂记，似乎不太合适。

这是《永州八记》的第三篇，主旨是借小丘的终被他和友人赏识，感伤自己被贬谪的不幸遭遇。

全文共分三段：

第一段细写小丘的位置和景物的奇特，因此又可分两小节，前一节到"生竹树"为止。后一节的刻画用排比，运用了"牛马之饮于溪"和"熊罴之登于山"两个比喻，不但同是动物（各两种），而且把原来是静态的山丘，写成了虎虎有生气的动态，甚至在动词形容词的使用方面，也很特殊："冲然"是动物往前冲的样子，"角列"是牛羊的角排列的样子（另一种解释说：角，是倾斜的样子，其实仍跟牛羊的角的形态有关）。

第二段叙述买小丘的经过及它的美景，又可分两小节：第一节到"奇石显"为止，把整修的过程和大致结果也写出来了。第二节写小丘的美好景象，以及它和作者的精神如何合而为一。这一部分写得尤其出色，空灵悠远，意境超逸，使人有如身临其境，因而神清气爽，忘掉生活里的一切烦恼。前面说到山、云、溪和鸟、兽、鱼，但一接触到作者本身的精神，便只承续山、云、溪的风光感受，而略去了鸟、兽、鱼，因为人已经代替了它们的地位。这种笔法，可说是又错综又自然。最后一大句话："不到十天就发现了两个奇特的地方……"乍看好像是随手收结的话，其实正是呼应第一段"得西山后八日……"的。可见柳宗元的小品文也是那么的结构紧密。

第三段写小丘不受人重视的情形。它的关键完全在于所处的地位，所以这正好是像作者这样被放逐在外的人的写照。不过最后说到小丘终于遇到他和两位好友把它高高兴兴地买下来，可说是得到了知音，不像他自己，仍旧流落在蛮荒地带，没有出头的日子。两个"遭"字，形成很委婉的对比，其中有庆幸，有惋惜，也有哀伤，那情感是非常复杂的。

柳宗元的《永州八记》，差不多每篇都有言外之意，不是表现一种人生境界，就是发泄他被贬逐的郁闷心情，而且往往把这两部分表达在同一篇作品里，本文就是一个很好的例子。

本文写得情景交融，物我合一，好像那些山、云和溪水，都和作者分不开了。写景用的笔墨很简洁，这样才更能把山水和人物的精神显豁出来。末尾用一"贺"字，就跟《钴鉧潭记》末了用一"乐"字的作用一样，是用喜悦的口吻写照忧愁的心情，是用反笔衬托正面的意思，使读者慢慢地体会出来，反而觉得格外凄凉。

第三章　欧阳修文选

欧阳修是宋朝古文运动的领袖，他在北宋文坛上的地位，跟韩愈非常相像，而且他也喜欢韩愈的文章，走的路线也几乎跟韩退之一样，说到他的影响力更不会落在退之后面。

欧阳修字永叔，吉州庐陵（现在的江西吉安市）人。宋真宗景德四年（1007）生于四川绵州（现在的四川绵阳市），卒于神宗熙宁五年（1072）闰七月二十三日。

欧阳修的父亲欧阳观死于泰州（现在的江苏泰州）推官任上，那时候欧阳修才四岁，母亲郑德仪也通晓诗书，亲自用芦荻画地教他学书。欧阳修天资很高，读书一遍就不会忘记，后来又向邻家借书苦读。十岁的时候，在邻家屋角的破竹篓里，发现了韩愈遗稿残本（不完全的本子）六卷，翻读几篇以后，爱得不肯放手，从此便有了拿韩愈做榜样的大志。

仁宗天圣八年（1030），欧阳修考中了进士，担任秘书省校书郎，第二年调任西京（洛阳）留守推官，认识了钱惟演、尹洙、梅尧臣等文人。后来又入朝做馆阁校勘，并参加《崇文总目》的编辑。接着又调任乾德（旧名光化县，现在的湖北老河口市）县令等官职。景祐四年，出使河东，担任河北都转运按察使。

庆历年间，一向怀着"先天下之忧而忧"的抱负的范仲淹，正担任天章阁待制权知开封府尹，他为人公正廉明，政绩很好，为世人所敬佩。因为宰相吕夷简培植私人势力，有许多不利国家的行为，所以毅然向皇帝献上"百官图"，直截了当揭发他。吕夷简便反过来指责他离间君臣情感，谏官高若讷也附和宰相。欧阳修激于正义感，便写信给高若讷，责备他"不知羞耻"。高若讷告到仁宗皇帝那儿，就把欧阳修贬做夷陵（现在的湖北宜昌市夷陵区）县令。

庆历五年，欧阳修又上疏论朋党，为范仲淹辩护，再度被诬陷，而贬为滁州（现在的安徽滁州市）知州。他在那儿建醉翁亭，自号醉翁。接着又调扬州、颍州（现在属安徽阜阳市）等地。他可说是"庆历改革"的重要分子之一。

仁宗皇祐元年，欧阳修任翰林学士，奉命修《唐书》。二年出使契丹，因为他名望已经很高，很受契丹的礼遇，使两国顺利的修好邦交。嘉祐二年，主持礼部贡举，也就是做了大考官。正好他在提倡简净明白的古文，而对当时奇怪晦涩的文体非常讨厌，决心趁这个机会把风气扭转过来。于是在阅卷的时候，使文字怪僻的考生都落榜不取，当时曾引起很多人的攻击，但他始终坚持原则，终于使坚实平易的古文通行一时。

嘉祐三年，欧阳修出任开封府尹，大公无私，升为礼部侍郎，再升枢密副使。六年拜参知政事（等于副宰相），跟宰相韩琦、枢密使包拯和谏议大夫司马光一起革新朝政，成为宋代最好的一段时期。

欧阳修是一个坚持原则的人。英宗在位时，想尊崇他的亲生父亲濮王，引起很大的争论，就是历史上所谓的"濮议"。他站在英宗一边，因为重视人子的孝思而赞成称濮王为"皇考"，不惜遭受许多朝臣的攻击。

神宗熙宁年间，欧阳修升任刑部尚书，出知亳州、青州、蔡州等地。四年六月，以观文殿学士太子少师身份退休，以后就住在颍州，一直到死。

欧阳修一生提拔了很多人才，像王安石、司马光、三苏、曾巩等。

他的古文典雅温婉，但在柔婉中不时透出阳刚之气，而且善于创新，能够巧妙地运用平常的虚字，而造成很新鲜的效果。他的文章也注意结构的技巧，譬如《醉翁亭记》《真州东园记》等，便是他自己独创的写法，他的儿子欧阳发说"以前从来没有这种文体"。

他在写古文的时候，比他写诗、写词更细心，更下工夫。他虽然也是一位有名的诗人，但是有时心血来潮，写的诗就比较随便；写文章则每次都非常谨慎，哪怕写一张小便条，也要先打草稿，写好了还一再推敲、修改。刚写成的文章，往往贴在墙壁上，然后坐着或躺着，眼看着那篇文章，想法子修改得十全十美，然后才拿给别人看。

　　有一次他写了一篇《相州昼锦堂记》，修改了以后，派人送给韩琦，送出去以后，忽然想到其中有两句"仕宦至将相，富贵归故乡"还不够好，于是再加修改。隔日又写定一份修订稿给韩琦，其中把那句改成"仕宦而至将相，富贵而归故乡"这才满意。加了两个"而"字以后，文章的气势更足了。由此可见，欧阳修写文章是多么仔细和慎重。他平常待人有随和亲切的一面，但写起文章来，却始终那样地严肃，而且主张文章要能够宣明道义，对国家人民有实际的用处。著有《欧阳文忠公集》《毛诗本义》《集古录》，自修《新五代史》，跟宋祁同修《新唐书》。

纵囚论

信义行于君子，而刑戮施于小人。刑入于死者，乃罪大恶极，此又小人之尤甚者也。宁以义死，不苟①幸生，而视死如归，此又君子之尤难者也。

方唐太宗②之六年，录③大辟④囚三百余人，纵⑤使还家，约其自归以就死⑥。是以君子之难能，期小人之尤者以必能也。其囚及期而卒自归无后者⑦，是君子之所难，而小人之所易也。此其近于人情哉？

或曰：“罪大恶极，诚小人矣。及施恩德以临之，可使变而为君子；盖恩德入人之深，而移人之速，有如是者矣。”

曰：“太宗之为此，所以求此名也。然安知夫纵之去也，不意其必来以冀免⑧，所以纵之乎？又安知夫被纵而去也，不意其自归而必获免，所以复来乎？

“夫意其必来而纵之，是上贼下之情⑨也；意其必免而复来，是下贼上之心⑩也。吾见上下交相贼⑪，以成此名⑫也，乌有所谓施恩德⑬与夫知信义⑭者哉？

“不然，太宗施德于天下，于兹六年矣⑮，不能使小人不为极恶大罪。而一日之恩，能使视死如归而存信义，此又不通之论也。”

然则何为而可？曰：“纵而来归，杀之无赦⑯；而又纵之，而又来，则可知为恩德之致尔。然此必无之事也。

"若夫纵而来归而赦之，可偶一为之尔。若屡为之，则杀人者皆不死，是可为天下之常法乎？不可为常者，其圣人之法乎？是以尧舜三王之治，必本于人情；不立异[17]以为高，不逆情以干誉[18]。"

【注释】

① 苟：苟且，随便。

② 唐太宗：唐高祖的次子，名世民，唐代第二位皇帝，在位时为唐之盛世，号称"贞观之治"。

③ 录：登记在名册里。

④ 大辟：大刑，指死刑。

⑤ 纵：释放，放走。

⑥ 就死：接受死刑。

⑦ 其囚及期而卒自归无后者：那些放出去的囚犯，到了该回来的时间，都自己回来了，没有一个迟到的。

⑧ 冀免：希望免罪。

⑨ 上贼下之情：贼就是盗，私取、探取。在上的人，揣摩那些囚犯一定会回来，这就等于小偷强盗取人东西一样，是私下探索在下者的心理。

⑩ 下贼上之心：在下的囚犯，探取在上者的心意。

⑪ 交相贼：互相探取心意心理。

⑫ 成此名：成全纵囚的美名。

⑬ 施恩德：指赦免那些囚犯的死罪。

⑭ 知信义：指囚犯们如期回来。

⑮ 于兹六年矣：指从贞观元年到贞观六年纵囚的时期。

⑯ 无赦：不赦免他们的罪。

⑰ 立异：树立不合常理的法律。

⑱ 逆情干誉：违背人情，博取美好的名誉。

【译述】

对君子，要讲信义，而刑罚是用在小人身上的。一个人犯法，到了被判处死刑的地步，一定是罪恶很大，达到极点，这又是小人里头特别坏的。宁愿为了正义而死去，不肯随便侥幸地活着，并且把死看作好像回家一样，这又是君子里头特别难得的。

唐太宗贞观六年的时候，在名册上登记判处死刑的囚犯，一共有三百多个人。唐太宗下命令放他们回家去，跟他们约定，到时候自动回来接受死刑。这是拿君子所难做到的事，希望那些特别坏的小人一定要做到。后来那些囚犯到了约定的日子，果真都自己回来了，连一个迟到的都没有。这简直是君子所难做到的事，而小人却很容易地做到了。这难道是近于人情的事吗？

有人说："罪大恶极，当然是小人。但是用恩德去对待他们，也可以使他们变成君子；原来恩德对人心影响的深刻，改变人的快速，竟到了这种地步。"

我说："唐太宗做这件事，为的是求取布施恩德的美名。可是，我们哪里能知道：太宗释放他们回家时，心里没有这样想：

'他们希望获得赦免，因此一定会回来。'所以才放了他们呢？我们又哪儿能知道：那些囚犯被放回去的时候，他们没有想到：'我自动回去，一定会获得赦免。'所以才又回来的呢？

"预料他们一定会回来，因此才把他们放了，这是在上的人揣摩底下人的心理；预料自己一定可以获得赦免，所以才回来，这是底下人揣摩上面的人的心理。我只看到在上的人和底下的人互相揣摩心理，因此才造成这种美好的名声，哪里谈得上什么施恩德和讲信义呢？

"如果不是这样，那么太宗施恩德给天下的人，到那个时候已经六年了，仍不能使小人不做罪大恶极的事。可是一天里的恩德，却能使他们把死看作好像回家一样，而且心里存着信义的观念，这根本是说不通的。"

这样说来，到底要怎么做才好呢？我说："放他们回去，他们回来了以后，照样杀掉他们，决不赦免。以后再释放囚犯，他们仍旧回来了，那就可以知道：这是布施恩德的好结果。不过，这是不可能的事情。

"至于放他们回去，他们再回来，就马上赦免他们，这种事情，只可以偶然试做一次。如果屡次这样做，那么杀了人而犯死罪的人都可以不死，这难道可以成为天下的常法吗？不可以做常法的，哪里是圣人的法令呢？所以唐尧、虞舜和夏商周三代的天子治理天下一定根据人情，不标奇立异来表现自己的高尚，不违背人情来博取名誉。"

【赏析】

这是一篇论说文。

贞观六年（632），唐太宗下令释放了死囚三百九十人，在没有人监督的情况下，让他们自己回家，约定明年秋天回来就刑（古时执行死刑都在秋天）。七年九月时，所有的死囚都自动回来了，太宗很欣慰，就完全赦免了他们。这在历史上是一件很特别的事，一般人都以此赞美太宗的仁德感化了坏人。可是欧阳修从深处思考这件事，表示出不同的看法。主旨在于：治国应合乎人情事理，不应该标新立异、博取额外的声誉。

全文可分八段：

第一段是一个泛论，讨论天下一般君子、小人的不同。这是论说文的一种作法：先就大处说起，或从普遍的道理说起。起头的两句："信义行于君子，而刑戮施于小人。"已经把全文的主题暗暗扣住，而且几乎连结论也点到了，真是大家手笔。

第二段先叙述唐太宗纵囚的经过，然后紧接着上段的议论，说出作者对这件事的初步意见：不近人情。他虽然用反问的口吻来说，态度其实是很坚定的。"是以君子之难能，期小人之尤者以必能也"和"是君子之所难，而小人之所易也"，一开一阖，一呼一应，文章很有法度。

第三段假设有人说话，把一般人对这件事的看法写出来：认为这是太宗施恩德的良好效果，是潜移默化的成就。其实这是一

101

个很脆弱的想法。

第四段立刻以他本人的口吻说出自己的一些怀疑：太宗只为了求名，太宗心里的想法，囚犯们心里的想法。他先用肯定句，再用两个反问句，句法的变化使疑问的效果更加突出。

第五段是紧承上段来加以分析、发挥：心里既揣摩对方的心意，不管施恩德也好，讲信义也好，那就都是虚伪的了。欧阳修有意用了一个强烈的动词"贼"，而且一连用了三次，来表现他对这件事的反感。

第六段更逼近一层：以恩德感化人，应该是较长时间内的事，六年没有成功的，一两天里就做得到吗？这里改用肯定句作结论。

第七段是正面提出他认可的一种做法：其实这是一种迁就"纵囚"这件事的做法，而最后的结论是：行不通。换句话说，他以"退一步想"的方式，根本否定了纵囚这种措施。

第八段才是他真正的主张：杀人者该按法律处死刑，不该为任何理由赦免，否则不合人情事理，也无法维持国家的法纪。最后又诉诸权威：拿尧、舜、三王时代来作模范。他批评了唐太宗的做法不对，也等于劝告后代的君王不要学太宗，要一切按照情、理、法来治理国家。

这篇文章层次分明，有条不紊，值得学习。

不过，在作者讨论的道理当中，还是有一点小小的漏洞。那就是他相当肯定地说：太宗释放囚犯的时候，预料他们会回来以求免罪，囚犯们也预料自动回来可以免罪，这似乎并没有必然性。

因为这是太宗第一次纵囚，他原先的目的也许只是想让他们回去跟家人过最后一段日子，赦免他们全体也许是后来心血来潮所做的决定。囚犯有三百九十人，他们又怎么会个个相信准时回来就能赦免呢？这当中，还是跟太宗六年来的仁政有关系。至少我们不相信：在一个政治紊乱、人民生活不安定的时代里，同样的事情也会发生。

不过说到头来，欧阳修的结论还是正确的：

一、纵囚然后赦囚，这种事只能偶尔做一次，让天下的人知道守信的重要。多做了，就会鼓励坏人存着侥幸的心理。

二、从事政治的人，不论古今，都应该通情达理，遵守法律，不应该随便做一些新奇的事，或故意讨好老百姓的事，那样的话，有时候会弄巧成拙，甚至造成不可收拾的后果。

这篇文章教导大家对一个问题要从多方面去看、去思考。

相州昼锦堂记

仕宦而至将相，富贵而归故乡，此人情之所荣，而今昔之所同也。盖士方穷时，困厄①闾里②，庸人孺子，皆得易③而侮之。若季子不礼于其嫂④，买臣见弃于其妻⑤。一旦高车驷马⑥，旗旄（mào）⑦导前，而骑卒拥后，夹道之人，相与骈肩累迹⑧，瞻望咨嗟（jiē）⑨；而所谓庸夫愚妇者，奔走骇汗⑩，羞愧俯伏，以自悔罪于车尘马足之间。此一介之士，得志于当时，而意气之盛，昔人比之衣锦之荣⑪者也。

惟大丞相卫国公⑫则不然。公，相⑬人也，世有令德，为时名卿。自公少时，已擢⑭高科，登显仕；海内之士，闻下风而望余光者⑮，盖亦有年矣。所谓将相而富贵，皆公所宜素有，非如穷厄之人，侥幸得志于一时，出于庸夫愚妇之不意，以惊骇而夸耀之也。然则高牙大纛（dào）⑯，不足为公荣；桓圭衮（gǔn）冕⑰，不足为公贵；惟德被生民，而功施社稷，勒之金石⑱，播之声诗，以耀后世而垂无穷；此公之志，而士亦以此望于公也，岂止夸一时而荣一乡哉！

公在至和⑲中，尝以武康之节⑳，来治于相。乃作昼锦之堂于后圃；既又刻诗于石，以遗（wèi）㉑相人。其言以快恩仇、矜名誉为可薄㉒。盖不以昔人所夸者为荣，而以为戒。于此见公之视富贵为何如，而其志岂易量哉！故能出入将相，勤劳王家，而夷险一节㉓。至于临大事，决大议，垂绅正笏（hù）㉔，不动声色，而措天下于泰山之安㉕，可谓社稷之臣矣。其丰功盛烈，所以铭彝鼎㉖而被弦歌㉗者，乃邦家之光，非闾里之荣也。

余虽不获登公之堂，幸尝窃㉘诵公之诗；乐公之志有成，而喜为天下道也，于是乎书。

【注释】

① 困厄：穷困不得志。

② 闾里：闾，里中门。闾里就是乡里。

③ 易：轻视，看不起。

④ 季子不礼于其嫂：季子，苏秦的字。他是战国洛阳人，游说秦惠王用连横的政策，惠王不听。苏秦弄得旅费也用完了，衣服也破烂了，只好离开秦国回家，嫂嫂看不起他，竟不给他煮饭吃。

⑤ 买臣见弃于其妻：朱买臣是汉武帝时的吴郡（现在的浙江绍兴市）人，家里贫穷，喜欢读书，自己打柴过活，妻子嫌他穷，要跟他离婚。买臣说："我知道你受苦受了很久了，等我富贵以后会补偿你的。"他妻子生气地说："再跟你待下去，我就会饿死在水沟里了。"买臣留不住她，只好让她离开。

⑥ 驷马：古代用四匹马拉车，两匹服马，两匹骖马，合起来叫驷马。

⑦ 旄：旗杆上有牦牛尾做的旌旗，用来指挥军队的。

⑧ 骈肩累迹：骈肩，并肩；累迹，足迹相重叠，是说人数很多。

⑨ 咨嗟：叹息声，赞叹。

⑩ 骇汗：因为惊骇而出汗。

⑪ 衣锦之荣：衣，动词，穿的意思。锦，有纹彩的丝织品。比喻富贵以后荣归故乡。《汉书·陈胜项籍传第一》："得到了富贵不回故乡，就好像穿了锦绣的衣服在黑夜里走路一样。"

⑫ 大丞相卫国公：指北宋名臣韩琦。韩琦字稚圭，相州安阳（现在的河南安阳）人。仁宗嘉祐三年，官拜中书门下平章事、集贤殿大学士，就是大丞相。英宗时，加封卫国公。

⑬ 相：相州，包括现在的河南安阳等地。

⑭ 擢：拔取，考中。

⑮ 闻下风而望余光者：而，与。听到他的高尚风范而下拜以及瞻仰他的风采的。

⑯ 高牙大纛：比喻仪从的众多。牙，牙旗；纛，仪从后面的大旗。

⑰ 桓圭：三公所握的玉圭。衮冕，三公所穿的礼服。此句形容他十分富贵的样子。

⑱ 勒之金石：勒，雕刻。之，于。金，指钟鼎。石，指碑碣。古代凡是有大功的人，朝廷往往把他的功绩记在钟鼎石碑上，来表扬他。

⑲ 至和：宋仁宗年号。

⑳ 武康之节：韩琦在仁宗庆历末年担任武康军节度使，治理并州（包括现在的河北正定、保定，山西太原、大同等地），至和二年，治理相州。

㉑ 遗：赠送。

㉒ 可薄：可以轻视，值得轻视，不屑。

㉓ 夷险一节：不管是平常或是患难的时候，始终保持同样的态度。

㉔ 垂绅正笏：形容大臣的仪容大方端庄。绅，衣服上的大带。笏，官员上朝所握的手板；不过古代从天子到士人，都执笏为礼，用玉、象牙或竹子做成。

㉕ 措天下于泰山之安：治理天下，使它像泰山那么安稳太平。泰山，在山东省内，古代认为是日出的山，而且是帝王祭拜天地的地方，所以被看作伟大、庄严、安定的象征。

㉖ 彝：盛酒的器具。鼎，食器。铭，当动词用，刻记。

㉗ 被弦歌：被，当动词用，施于，表现于。弦歌，乐歌。

㉘ 窃：私下，私自。

【译述】

做官做到丞相或大将，富贵以后回到故乡，这是一般人感到荣耀的事，也是古今相同的道理。大致说来，读书人在贫贱的时候，困穷地待在乡里中，连普通人和小孩子都会瞧不起他，欺侮他。像苏秦没发迹的时候，曾被嫂嫂冷落，朱买臣甚至被妻子遗弃。一旦富贵了，坐着四匹马的大车，旌旗引导在前，许多随从簇拥在后，路旁的人，肩碰肩，脚碰脚的，对他瞻望赞美。这个时候，那些凡俗的男男女女，便会东奔西跑，吓出一身汗来，羞愧得趴在地上，自动在他车子的灰尘里、马脚下忏悔求饶。这是说一个读书人得意发达的时候，那种气势的盛大，古人用穿了锦衣回家乡来比喻它。

只有大丞相卫国公韩琦不同。韩公是相州人，世代都有美德，他更是当前有名的大臣。他年轻的时候，便高高地考中了进士，做了重要的官，国内的人士，早就闻他的大名，佩服得下拜，或远远地仰慕他的丰采了。我们所说的"将相"和"富贵"，都是韩公一向拥有的，不像一般出身贫穷的人一时侥幸得意，出乎普通人意料之外，使他们惊吓，向他们夸耀。前呼后拥地随从大旗，不足以使韩公感到荣耀；公卿的圭笏礼服，也不能够使韩公觉得显贵；只有他的恩德普及老百姓，为国家建立功业，并且被记载在钟鼎碑石上，被播扬在歌曲诗篇中，用来显耀后代，永远不朽。这才是韩公的志愿，也是一般士人对他的期望，哪里只是显贵一时、荣耀一乡而已呢？

韩公在至和年间，曾经以武康军节度使的身份来治理相州。于是在他家的后园建造昼锦堂，又写诗刻在石碑上，留给相州的人。他不屑任性地报恩复仇、自己夸耀自己的名誉。因为他不把古人所夸耀的当作光荣，反而以此为戒。从这种地方可以看出韩公对富贵的看法，他的志向哪里是一般人容易了解的呢？所以他能够在朝做丞相，出外做大将，为国家服务，不论在平时或患难的时候，都保持着同样的节操。至于面临大事，决断重大的问题，他总是垂着大带，握着手板，仪态从容，不动声色，而能把天下治理得像泰山一样地安稳，真可以说是国家的大臣。他的丰功伟业，都已刻在钟鼎上，而且播扬在乐歌里，这都是国家的光荣，而不只是乡里的光彩啊。

我虽然没机会登上韩公的昼锦堂，幸而私下曾经诵读他所写的诗，很高兴韩公的志愿能够实现，也很乐意对天下人说说这件事，于是便写了这篇文章。

【赏析】

这是一篇记述文，清朝的曾国藩把这一类的文章列入杂记类。

表面上是作者为一座厅堂写文章，其实是为一个伟大的人物而写，更进一步，应该说是为一种伟大的志愿、伟大的言行而写。

昼锦堂是会毁坏的，韩琦也早已经死了，但是他所代表的德行和抱负以及它所代表的精神，却永远不朽。韩琦的眼光远大，稳定安详，公而忘私，爱国爱民，都是值得我们后人学习效法的。

韩琦在功成名就以后，回到故乡相州，在家里的后园建造了这座昼锦堂，并请他的好朋友欧阳修作记。但是欧阳修并没有把这篇文字当作一篇应酬文章来写，而是借此写出一种光辉的德行。他很成功地运用了对比法，把世俗上所谓"富贵不归故乡，如衣锦夜行"的观念，来陪衬、对照韩琦的大志——做大事不是为了炫耀自己的才能功德，而是为了大我：国家和人民，这可以说是一个儒者的胸襟，也是一个伟人的典范。

全文分四段：

第一段以一组六字对句起头，把一般人对富贵的观念非常鲜明

109

有力地呈现出来，并且进一步地分析这种心理形成的原因：与其说是虚荣心使然，还不如说是一种补偿心理吧。不得意的时候吃了多少的苦，受了多少的闲气，一旦富贵了，不是马上可以翻身了吗？

第二段一开始就用一句干净利落的"惟大丞相卫国公则不然"，展开了一个新的天地。作者先用简洁的字句介绍韩琦的身世和功业，接着说出他的大志和与众不同的地方。这一段用了不少短句子，简洁有力，掷地有声，使读者精神一振，眼睛一亮。

第三段不但说出昼锦堂的由来和堂上所刻诗的内容，更进一步地宣扬韩琦的为人和功德——他是一个言行一致的人，他是一个立功立德的人。用孙中山先生的话说，他是一个做大事的人——虽然他也做了大官。这段里的"铭彝鼎而被弦歌"，正好响应上一段的"勒之金石，播之声诗"，但是却没有重复一个字，这正是作者表现了他高明的修辞技巧。"乃邦家之光，非闾里之荣也"，也相当于上一段的"以耀后世而垂无穷"。

最后一段是说明作者写这篇记的心情和动机。

值得注意的是：全文中完全没有提到昼锦堂的建筑情况和内部的装设，一方面因为这座堂欧阳修还没见过，一方面也由于他想借此发扬韩琦的德业和精神，因此有意省略掉外表的部分。

至于韩琦为什么要把这座堂取名作"昼锦堂"，是不是他在潜意识里仍不能完全超越世俗的名誉？这只能说是一个次要的问题了。也许聪明的辩护人会说：他是运用反讽的方式啊。

醉翁亭记

　　环滁①皆山也。其西南诸峰，林壑②尤美。望之蔚然③而深秀者，琅琊④也。山行六七里，渐闻水声潺潺⑤，而泻出于两峰之间者，酿泉⑥也。峰回路转⑦，有亭翼然⑧临于泉上者，醉翁亭也。作亭者谁？山之僧智仙也。名之者谁？太守⑨自谓也。太守与客来饮于此，饮少辄醉，而年又最高，故自号曰醉翁。醉翁之意不在酒，在乎山水之间也。山水之乐，得之⑩心而寓⑪之酒也。

　　若夫日出而林霏⑫开，云归而岩穴暝⑬，晦明变化者，山间之朝暮也。野芳发而幽香，佳木秀而繁阴，风霜高洁，水落而石出者，山间之四时也。朝而往，暮而归，四时之景不同，而乐亦无穷也。

　　至于负者歌于涂⑭，行者休于树，前者呼，后者应，伛偻提携⑮，往来而不绝者，滁人游也。临溪而渔，溪深而鱼肥；酿泉为酒，泉香而酒冽（liè）⑯；山肴野蔌（sù）⑰，杂然而前陈者，太守宴也。宴酣⑱之乐，非丝非竹⑲，射⑳者中，奕㉑者胜，觥筹交错㉒，起坐而喧哗者，众宾欢也。苍颜㉓白发，颓㉔然乎其间者，太守醉也。

　　已而夕阳在山，人影散乱，太守归而宾客从也。树林阴翳（yì）㉕，鸣声上下，游人去而禽鸟乐也。然而禽鸟知山林之乐，而不知人之乐；人知从太守游而乐，而不知太守之乐其乐也。醉能同其乐，醒能述以文者，太守也。

太守谓谁？庐陵㉖欧阳修也。

【注释】

① 滁：滁州，就是现在的安徽滁州市。在滁水北岸，是长江、淮水之间的好地方。

② 林壑：森林和山谷。

③ 蔚然：草木茂盛的样子。

④ 琅琊：山名，在滁州西南。

⑤ 潺潺：水流声。

⑥ 酿泉：山泉名。因为水清可以酿酒而得到这个名称。

⑦ 峰回路转：山势回旋，路也弯弯曲曲的。

⑧ 翼然：像鸟展开翅膀的样子。

⑨ 太守：官名。秦朝叫郡守，汉朝改叫太守，宋朝以后取消这个官名，但写文章的人有时候仍用古名。这时候欧阳修正做滁州知州，相当于古时的太守，所以自称"太守"。

⑩ 之：于。

⑪ 寓：寄托。

⑫ 林霏：林中的雾气。

⑬ 暝：幽暗。

⑭ 涂：通"途"，路上。

⑮ 伛偻：背弯曲，指老人。提携，牵着手走，指小孩。

⑯ 洌：清。

⑰ 山肴野蔌：指山里的美味食物和野生蔬菜。肴，熟肉。蔌，蔬菜。

⑱ 宴酣：宴会饮酒。

⑲ 非丝非竹：丝竹，泛指音乐。丝指弦乐器如琴瑟，竹指管乐器如箫管。

⑳ 射：指投壶，古人的游戏名。用许多竹箭或长竹签在一段距离外向一只壶里投去，投中多的就算赢。

㉑ 奕：通"弈"，指下棋。

㉒ 觥：盛酒器。筹，算筹，指行酒令时计算胜负的工具。交错，来来去去，很杂乱的样子。

㉓ 苍颜：深青色的面色，指老人。

㉔ 颓：醉倒。

㉕ 阴翳：昏暗不明。翳是暗影。

㉖ 庐陵：古代的县名，就是现在的江西吉安市，欧阳修的故乡。古人习惯把自己的籍贯写在姓名上面。

【译述】

　　环绕在滁州城外面的都是山。在城的西南那些山峰里，森林和山谷尤其美丽。望过去一大片草木，茂盛而深远秀丽的，就是琅琊山。在山里走上六七里，渐渐听见水声潺潺，泻出在两座山峰当中的，就是酿泉。山势回旋，路也随着弯弯曲曲，有一座亭子像鸟展开翅膀一样，靠在酿泉上面，那就是醉翁亭了。修筑这座亭子的人是谁呢？是琅琊山的和尚智仙。替这座亭子取名的又是谁呢？就是州官自己。州官带了客人到这里来喝酒，每次喝一点酒就醉倒了，而且他的年纪又最大，所以自称为"醉翁"。醉翁的心思不放在酒上，而放在山水当中。山水间的乐趣，是内心获得而寄托在酒上的。

当太阳出来的时候，林子里的雾气蒸散了，云雾聚集的时候，山里的洞穴就显得很暗，这种昏暗明朗的变化，就是山里早晚的景色。野花开放，发散出幽香，树木繁茂，造成浓荫，风高霜净，涧水泻落，露出溪石，这些便是山里四季的风光。早上到山里去，晚上才回来，四季的景致不同，其中的乐趣也无穷。

挑担的在路上唱歌，赶路的在树下休息，前面的人喊叫，后面的人回答，扶着老人，牵着小孩，往来不断的，这些都是滁州人来游山啊。有的在溪边钓鱼，溪水深，所以鱼特别肥大；有人拿泉水来酿酒，因为泉水香，酒就特别清醇；山里的美味、野菜，纷纷地陈列在面前，那是州官在宴请客人。宴会时尽情享乐，不用管弦乐器，只看见投壶的射中了，下棋的赢了，酒杯和筹码递来递去，眼花缭乱，一会儿站起来，一会儿坐下，嚷个不停，这是许多客人欢乐的情形。一位苍颜白发的老人，颓然醉倒在那许多人中间，那就是州官——他喝醉了。

一会儿，夕阳落在西山边上，人影离散零乱，州官要回去，客人们也跟着走了。树林昏暗下来，鸟儿上上下下地叫着，游客回去而禽鸟高兴了。然而禽鸟只知道山林的快乐，不知道人世间的快乐；人们也只知道跟着州官去游山玩水的快乐，而不知道州官因为他们快乐而快乐。在喝醉的时候，能跟他们一起乐，酒醒的时候，能把这些情景写成文章的，也是州官。

这州官是谁呢？是庐陵人欧阳修。

【赏析】

这是一篇表面是杂记的游记。作者要写的其实不是醉翁亭，而是他在做滁州知州时游山玩水的生活情形。

欧阳修在庆历年间（1041—1048）因为同情范仲淹，被贬在滁州，由于他个性中自有洒脱的一面，所以暂时放开国家大事，纵情于大自然当中，而且自称醉翁。这篇文章最能代表这个时期他的心境。

全文共分五段：

第一段一开始冒出一句"环滁皆山也"真可以说是"开门见山"的奇笔，也把整个大环境巧妙而大方地介绍了。然后抽丝剥茧地交代了琅琊山、酿泉、醉翁亭的地理位置，以及"醉翁"这个中心人物。作者把山水和自己的心情融合在一起，这里只露出一点痕迹。"醉翁之意不在酒"早已变成一句成语，而且常常被人滥用。这一段先引起读者的高度兴趣。

第二段用客观的笔法描写山里早晚和四季不同的景色，也就说明了"朝而往，暮而归"，乐趣无穷的理由。作者连这"往""归"两句也省略了主词，真可说是把人跟大自然一视同仁了。

第三段先写一般滁州人游山的情形，形形色色的人和种种不同的行动，作者只用了五六十个字，就都包罗进去了，真有大摄影师的本领。后半段写欧阳修跟他的客人们宴乐的情形，更是热闹，锦上添花。前后的安排可以说是"渐入佳境"。

第四段写游宴后散去的情况，并且发抒他的感想。他从《庄子·秋水》里讨论人能不能知道鱼乐的一段话，得到了灵感，巧妙地烘托出他自己高度的快乐。

第五段才正式说明"太守"就是作者本人。对不熟悉作者的读者来说，这样的安排便能给他们恍然大悟的意外乐趣。

全篇的作法有三大特点：

一、句子短：最长的不过九字，很多三字句和四字句，因此节奏明快，显得活泼愉快。

二、用剥蕉法，一层层显示给读者看：第一段、第二段、第三段，甚至第四段的一部分，都运用这个方法，而且用得有变化，不呆板。

三、先展示现象，再说明事物的名称或主角。因此全文一再地运用"……者……也"的句法，尤其用"也"作句尾助词的句子，更多达二十一句。这是别的作家所没有尝试过的做法，欧阳修做得相当成功。

第四段的感想，当然不免有点自负，但是也未尝不可以说这是作者天真的流露。

泷冈阡表

　　呜呼！惟①我皇考②崇公③，卜吉④于泷（shuāng）冈⑤之六十年，其子修始克表于其阡⑥。非敢缓也，盖有待也。

　　修不幸，生四岁而孤。太夫人⑦守节自誓；居穷，自力于衣食，以长以教，俾至于成人。太夫人告之曰："汝父为吏，廉而好施与，喜宾客；其俸禄虽薄，常不使有余。曰：'毋以是为我累。'故其亡也，无一瓦之覆⑧，一垄之植⑨，以庇⑩而为生；吾何恃而能自守邪？吾于汝父，知其一二，以有待于汝也。自吾为汝家妇，不及事吾姑⑪；然知汝父之能养也。汝孤而幼，吾不能知汝之必有立，然知汝父之必将有后也。吾之始归⑫也，汝父免于母丧方逾年，岁时祭祀，则必涕泣曰：'祭而丰，不如养之薄也！'间御⑬酒食，则又涕泣，曰：'昔常不足，而今有余，其何及也！'吾始一二见之，以为新免于丧适然耳。既而其后常然，至其终身，未尝不然。吾虽不及事姑，而以此知汝父之能养也。汝父为吏，尝夜烛治官书⑭，屡废⑮而叹。吾问之，则曰：'此死狱也，我求其生不得尔。'吾曰：'生可求乎？'曰：'求其生而不得，则死者与我皆无恨也；矧⑯求而有得邪？以求有得，则知不求而死者有恨也。夫常求其生，犹失之死⑰；而世常求其死也！'回顾乳者剑⑱汝而立于旁，因指而叹曰：'术者⑲谓我岁行在戌将死⑳；使其言然，吾不及见儿之立也，后当以我语告之。'其平居教他子弟，常用此语，吾耳熟焉，故能详也。其施于外事，吾不能知；

117

其居于家，无所矜饰㉑，而所为如此，是真发于中者邪！呜呼！其心厚于仁者邪！此吾知汝父之必将有后也。汝其勉之！夫养不必丰，要㉒于孝；利虽不得博于物，要其心之厚于仁。吾不能教汝，此汝父之志也。"修泣而志㉓之，不敢忘。

先公少孤力学，咸平三年㉔进士及第。为道州判官㉕，泗、绵二州推官㉖，又为泰州㉗判官。享年五十有九，葬沙溪之泷冈。

太夫人姓郑氏，考讳㉘德仪，世为江南名族。太夫人恭俭仁爱而有礼；初封福昌县太君㉙，进封乐安、安康、彭城三郡太君㉚。自其家少微时，治其家以俭约，其后常不使过之。曰："吾儿不苟合于世，俭薄所以居患难也。"其后修贬夷陵㉛，太夫人言笑自若曰："汝家故贫贱也，吾处之有素矣。汝能安之，吾亦安矣。"

自先公之亡二十年，修始得禄而养㉜。又十有二年，列官于朝，始得赠封其亲。又十年，修为龙图阁直学士㉝，尚书吏部郎中㉞，留守南京㉟，太夫人以疾终于官舍，享年七十有二。又八年，修以非才入副枢密㊱，遂参政事㊲，又七年而罢。自登二府㊳，天子推恩，褒其三世，盖自嘉祐以来，逢国大庆，必加宠锡。皇曾祖府君㊴累赠金紫光禄大夫㊵、太师㊶、中书令㊷；曾祖妣㊸累封楚国太夫人。皇祖府君㊹累赠金紫光禄大夫、太师、中书令兼尚书令㊺；祖妣累封吴国太夫人。皇考崇公累赠金紫光禄大夫、太师、中书令兼尚书令；皇妣累封越国太夫人。今上初郊㊻，皇考赐爵为崇国公，太夫人进号魏国。

于是小子修泣而言曰："呜呼！为善无不报，而迟速有时，此理之常也。惟我祖考，积善成德，宜享其隆，虽不克有于其躬，而赐爵受封，显荣褒大，实有三朝㊼之锡命㊽，是足以表见于后世，而庇赖其子孙矣。”乃列其世谱，具刻于碑，既又载我皇考崇公之遗训，太夫人之所以教，而有待于修者，并揭于阡。俾知夫小子修之德薄能鲜，遭时窃位㊾，而幸全大节，不辱其先者，其来有自。

熙宁三年㊿，岁次庚戌，四月辛酉朔，十有五日，乙亥，男推诚保德崇仁翊戴功臣(51)、观文殿学士(52)、特进行兵部尚书(53)、知青州(54)军州事、兼管内劝农使(55)、充京东路(56)安抚使(57)、上柱国(58)、乐安郡开国公、食邑四千三百户、食实封一千二百户，修表。

【注释】

①惟：发语词，没有意义。

②考：古人父亲死了称考。皇，大。皇考是恭敬的叫法。

③崇公：指欧阳修的父亲欧阳观，字仲宾，宋神宗时追封为崇国公，简称崇公。

④卜吉：卜定吉日，选一个好日子安葬。

⑤泷冈：地名。属于江西吉安府。就是现在江西永丰县南凤凰山附近的沙溪。

⑥阡：墓道。

⑦太夫人：对母亲的尊称。父亲死后才这样称呼母亲。

⑧无一瓦之覆：没有一片瓦覆盖，指没有房子可住。

⑨ 一垄之植：一行农作物可以种植。连上句指没有土地可耕。垄，高田，田中高处。

⑩ 庇：庇荫，庇护。

⑪ 姑：丈夫的母亲，婆婆。

⑫ 归：女人出嫁。

⑬ 间：偶然。御，进，享用。

⑭ 治官书：处理公文。

⑮ 废：停止。

⑯ 矧：何况。

⑰ 犹失之死：还难免判成死罪。

⑱ 剑：挟，抱，像带剑一样。

⑲ 术者：玩弄法术的人，指算命看相的人。

⑳ 岁行在戌将死：岁指木星，古人用木星的方位纪年，欧阳修的父亲在宋真宗大中祥符三年（庚戌年，公元1010）死去，果然跟算命的人所说的一样。

㉑ 矜：矜持庄严，高不可攀的样子。饰，做作，虚伪。

㉒ 要：总要，最重要的是。

㉓ 志：通"誌"，记住。

㉔ 咸平三年：咸平是宋真宗的年号。咸平三年就是公元1000年。

㉕ 道州：现在的湖南道县。判官，官名，是节度使、观察使的幕僚，担任批公文和司法判决方面的事。

㉖ 泗：现在的安徽泗县。绵，现在的四川绵阳市。推官，也是节度使、观察使的部下，担任司法判决的工作。

㉗ 泰州：现在的江苏泰州市。

㉘ 讳：死后的名，叫死人的名字。

㉙ 福昌：现在的河南宜阳县。县太君，官员母亲的封号。按照宋代的制度，郎中、京府少尹、县令（长）的母亲，都封作县太君。

㉚ 乐安：现在的安徽霍山县。安康，现在的陕西汉阴县。彭城，现在的江苏铜山县。郡太君是四品官像侍郎、翰林学士、给事中、谏议大夫的母亲的封号。

㉛ 夷陵：在现在的湖北宜昌市境内。欧阳修贬夷陵的事可参考本章前言，这时候他三十岁。

㉜ 修始得禄而养：宋仁宗天圣八年（1030），欧阳修年二十四岁，考中进士，授官将仕郎，任职秘书省校书郎，充任西京留守推官，距离他父亲的死正好二十年，所以说：才得到俸禄奉养母亲。

㉝ 龙图阁直学士：北宋在皇城内建造龙图阁，刚入直馆阁，称为直学士。

㉞ 郎中：六部诸司的长官，相当于现在中央各部的司长。

㉟ 留守：官名，在这儿当动词用。南京，现在的河南商丘市。

㊱ 入副枢密：仁宗嘉祐五年（1060），欧阳修回到京城担任枢密院副使，枢密院掌管军事机密，权力很大。"副"在这里当动词用。

㊲参政事：嘉祐六年，欧阳修转任户部侍郎参知政事，就是副宰相。"参"字在这儿也借来充当动词用。

㊳二府：按照宋代的制度，中书省和枢密院分掌行政、军事，称为二府。参知政事在中书省办公。

㊴皇曾祖府君：皇，对祖先（包括死去的父亲在内）的尊称。府君，子孙尊称先世的名词。

㊵金紫：金印紫绶。光禄大夫为二品散官（没有固定职务的官）。

㊶太师：皇帝的老师，是三公（太师、太傅、太保）里最尊贵的一位。

㊷中书令：中书省长官，唐朝是宰相，宋朝专用作赠官（追赠的官名）。

㊸曾祖妣：曾孙叫已死的曾祖母。

㊹皇祖府君：指欧阳修已死的祖父，名偃。

㊺尚书令：尚书省长官，宋朝也是用作赠官。

㊻今上：宋神宗。郊，祭天。熙宁元年十一月，神宗第一次举行郊祀礼，所以开恩封赠群臣。

㊼三朝：指宋仁宗、英宗、神宗三朝。

㊽锡命：赠赐的命令。

㊾遭时窃位：幸而遇到良好的时机，自己没有很高的才德而居高位。这是作者谦虚的话。

㊿熙宁三年：就是公元1070年。

(51)推诚保德崇仁翊戴功臣：皇帝赏赐给欧阳修的荣誉头衔。

(52)观文殿学士：宋代的观文殿，设有大学士、学士，都是授给曾任大臣的官员。

(53)兵部尚书：兵部为六部之一，掌军政。尚书相当于部长。

(54)知青州：熙宁元年，欧阳修由亳州调知青州，就是现在的山东青州市一带。

(55)劝农使：奖励人民农作的官员。

(56)京东路：路名，掌辖山东等地。

(57)安抚使：官名，宋朝各路的主官。

(58)上柱国：最尊贵的勋官。

【译述】

先父崇国公，安葬在泷冈以后，已经有六十年，儿子修才能作表刻在墓碑上。不是敢故意拖延，实在是有所等待。

我很不幸，四岁就成了孤儿。先母立志守节，家境贫苦，全靠自己的力量谋生，来抚养我，教导我，使我长大成人。先母告诉我："你父亲做官，清廉而喜欢帮助人，也爱交朋友；他的薪水虽然不多，经常不让它剩下来。他说：'不要因为钱使我受累。'所以当他去世的时候，没有留下住的房子，也没有一亩地可以耕种，来维持我们的生活。我凭什么能守节呢？无非是我对你父亲稍有了解，因此指望着你。自从我做了你家的媳妇，没能赶上侍候婆婆，但我知道你父亲是孝顺的。你很小便成了孤儿，我不能担保你长大后必定有出息，但是我确信你父亲一定有很好的后代。当初我嫁过来的时候，你父亲脱下母亲的丧服才一年，过年过节祭祀，一定哭着说：'死后祭品丰盛，还不如生前菲薄的奉养。'偶然喝酒吃好吃的东西，往往又流着泪说：'以前常常不够吃，现在有多余的了，可惜已经太迟了！'我起初第一、二次看到这种情形，以为刚脱下丧服才会这样子，可是后来仍旧经常如此，甚至到他老死，都没有改变。我虽没赶上服侍婆婆，却从这些地方知道，你父亲是很孝顺的。你父亲做了官，常常晚上点着蜡烛批公文，每每停下来叹息。我问他为什么叹气，他便说：'这是死罪的案子，我想帮他找一条生路，可惜找不到。'我说：'可以找到生路吗？'他说：'替他找过生路而找不到，那么死囚和我都没有什么遗憾了；何况有时候真能找到生路——正因为可以找到生路，可见不替他设法便判了死刑，一定会有遗恨。试想我常帮他们找生路，还不免要判死刑，何况世上的官吏，唯恐不判人家死刑呢！'回头看见奶妈抱着你站在旁边，便指着你，叹口气说：'算命的人说我只能活到庚戌年就会死，如果他说得对的话，我将看不到孩子长大成人了，以后你应当把我的话告诉这孩子。'他平常教导子弟，也常说这些话，我因为听熟了，所以记得特别清楚。他在外头所做的事，我不大知道；他在家里，没有一点矜持做作，而所作所为就是这个样子，这完全是发自内心的！唉！他的心是那样的仁厚啊！这使我确信你父亲必定有很好的后代。你要勉励啊！奉养双亲不一定要物质丰盛，主要的是要孝顺；恩惠虽然不能普施于万物，但总要心存仁厚。我不知道怎么教导你，这些都是你父亲的志愿。"我哭着把这些记下来，不敢忘掉。

先父小时候失去父亲，努力求学，咸平三年考中进士，便担任道州的判官，泗州、绵州的推官，又做过泰州的判官。活了五十九岁，安葬在沙溪的泷冈。

先母姓郑，名叫德仪，世代是江南的名族。先母恭敬节俭仁爱，而且注重礼节；最先封为福昌县太君，后来进封乐安、安康、彭城三郡太君。我们家早年贫寒，她持家俭约，以后也一直不肯超过这个标准。她说："我的孩子不能随便迎合世俗，节俭些才能度过苦日子。"后来我贬官到夷陵，先母说说笑笑，自在得很，说："你家向来贫穷，我已经过惯了。你能够安心，我也就放心了。"

先父去世后二十年，我才开始领薪水供养母亲。再十二年，在朝廷做官，才能封赠父母。又过了十年，我做龙图阁直学士，尚书吏部郎中，南京留守官，先母病死在官舍，活了七十二岁。又过八年，我侥幸入京担任枢密院副使，不久担任参知政事，又过七年才离职。自从进了中书省、枢密院二府以后，承蒙皇帝推广恩惠，表扬我祖宗三代，从嘉祐年以来，每次国家大典，一定得着天子的赏赐。先曾祖父，累次赠封为金紫光禄大夫、太师、中书令；先曾祖母累次赠封为楚国太夫人。先祖父累次赠封为金紫光禄大夫、太师、中书令兼尚书令；先祖母累次赠封为吴国太夫人。先父崇国公，累次赠封为金紫光禄大夫、太师、中书令兼尚书令；先母累次赠封为越国太夫人。现在的皇上初次举行郊祀礼的时候，先父赠爵为崇国公，先母也晋封为魏国太夫人。

于是我哭泣着说："唉，凡是做好事没有得不到好报的，不过在时间上有迟有早罢了，这是一定的道理。我的祖先，做了很多善事，应该享受荣华富贵，虽然生前不能享有，但受到赠封和表扬，得到三朝皇帝的赏赐，已经足够流传到后世，并且庇荫他们的子孙了。"于是我列出历代的族谱，一一刻在碑上，并且记载先父崇国公的遗训，先母对我的教导和寄望，一起揭示在墓碑上。使人知道我德行不够，又没有才能，竟能遇上很好的机会，担负很大的责任，幸而能保全大节，不致对不起先人，实在不是没有原因的。

（最后一段译述从略，因为只有"修表"两字需要翻译："修作表"。）

【赏析】

这是一篇碑志文，是作者在晚年追述父母言行的一篇墓碑。"表"就是墓碑文。这种文章是表彰一个人（或夫妇）生前的美好行为，刻在坟前的碑石上，以供后人瞻仰，希望永垂不朽的。

宋仁宗皇祐五年（1053），欧阳修四十七岁，护送母亲的棺枢回到吉州安葬时，曾经作《先君墓表》，畅述慈母的言行。到了神宗熙宁三年（1070），欧阳修已经六十四岁，正好是他父亲逝世六十周年，他更根据"先君墓表"，重新增添、修改而写成本文。因为作者四岁便死了父亲，所以对母亲的印象特别深，侍奉母亲也特别孝顺，全文便借慈母的口述，说出父亲的大孝和仁爱，同时也就点染出母亲的贤慧。这种笔法，可以说是"兼包并容"，也可说是"一箭双雕"（当然这只是比喻）。《泷冈阡表》用青州绿石镌刻，非常讲究，高一丈多，光亮得像镜子一样。

全篇围绕着一个"待"字，发挥得淋漓尽致。母亲等待儿子长大成人，继承父亲遗志，发扬光大，她没有白等；儿子等待自己官做得很大，事业上的成就很高了，才来写这篇墓表，好彻底地光宗耀祖，他一直等到自己死前两年，才了了这桩心愿。

林西仲曾评论这篇文章有四个难写的地方，但是作者都写得很出色：

一、四岁丧父，不能亲自记得父亲的言行，必须由母亲转述，多一番曲折。

二、母亲嫁到欧阳家时，她婆婆已死，父亲的孝顺行为没法亲自看到。古时的女人家不到外面去，没法知道父亲上班办公事和对待人的情形。

三、母亲已死了十多年，她说的话又是片段的，引来写墓表，必须巧妙运用。

四、赠封祖先，是因为作者自己的功业，写的时候如果没有分寸，很容易变成自夸自赞。

全文可分七段：

第一段说明缘起和延迟写作的原因，不过只说"有所待也"，是点到为止。

第二段借先母的话写出先父的孝顺和仁厚，有源有本，十分亲切，也十分真挚，是本文的重心。

第三段是先父的简略传记。

第四段是先母的简略传记，并写出她的节俭和识大体。

第五段记祖先、父母受封赠的事实。

第六段收结全文，并照应第一、二段，使读者对那个"待"字完全了解，而且作者也表现了他的谦逊和孝心。

第七段其实只是一个固定的墓表格式：包括立表时间、立表人的身份头衔等。

第四章　苏洵文选

　　苏洵是眉州眉山（现在的四川眉山市）人，生于宋真宗大中祥符二年（1009），卒于英宗治平三年（1066）四月二十五日。自号老泉，是苏轼、苏辙的父亲，后人因此称他为"老苏"，又把他们父子三人合称作"三苏"。

　　苏洵的高祖苏釿（yín）一直到父亲苏序，都是平民，他的哥哥苏澹、苏涣都曾考中进士。但苏洵在少年时代，专门结交三教九流的朋友，在外面游荡，父亲也不大管他，好像对他很有信心。他九岁以后，稍微读一点书，作作对子，但是常半途而废。

　　他不到二十岁就结婚了，二十七岁才开始用功读书，以后这六年当中，努力研究六经和诸子百家，而且有很大的志向，想为国家服务，可惜运气不好，考进士一再考不取，考"茂材异等"（当时的一种特种考试）也不取，他失望极了，把自己的几百篇文章全烧掉，重新闭门读书，决心不做官了。后来学问大进，文章也更出色了。

　　仁宗宝元二年，苏洵到阆州（现在的四川阆中市）去探望在那儿做官的哥哥苏涣，看到哥哥治理地方成绩很好，颇受感动，不久东下出夔州巫峡，顺流而到荆州（现在的湖北襄阳市）一带，游学各地，结交有学问的师友，增加了不少见闻和人生经验。三十九岁回乡，教两个儿子读书。

仁宗至和二年，苏洵到成都，地方官张方平很欣赏他，特地写信给欧阳修推荐他，但是没有下文。

仁宗嘉祐元年（1056）五月，苏洵父子三人到京都开封，九月上书欧阳修，欧阳修大为激赏，于是他的文章逐渐受到京都许多大人物的重视，连宰相韩琦也特别礼遇他。

第二年苏轼兄弟考取进士，五月，夫人程氏病死，苏洵便带了两个儿子赶回眉山家乡，安葬夫人。嘉祐三年十一月，皇帝下令要他上京任官，他上书辞谢，明年六月，又下了一道诏命，催他入京。

十月，三苏又来到开封城。苏洵在嘉祐五年八月做了校书郎，为皇帝编修典籍，他觉得很合自己的兴趣，便安心地接受职务，编纂《太常因革礼》这部大书。

第二年王安石当知制诰，权势愈来愈大，很多人劝他和王氏交往，王安石也爱慕苏洵的大名，想和他交朋友，但是苏洵认为王安石"不近人情"，不肯相交，还写了一篇《辨奸论》攻击王安石。

英宗治平三年四月，《太常因革礼》一百卷编成了，奏上皇帝，还没得到回音，他便死了。

苏洵的文章非常刚强有力，受《战国策》和《史记》的影响很大，讲究方法和结构，有精神，有主见，十分严谨，偶尔也能洒脱，跟欧阳修温婉的风格成为一个很有趣的对比。当时有很多人模仿他的文章。

他的议论文尤其杰出，代表作都是论历史和讨论政治、军事的。

他的遗著有《嘉祐集》《老泉文钞》。

管仲论

管仲相桓公①，霸诸侯，攘戎狄②，终其身，齐国富强，诸侯不叛。管仲死，竖刁、易牙、开方③用，桓公薨于乱，五公子争立④，其祸蔓延，讫简公⑤，齐无宁岁⑥。夫功之成，非成于成之日，盖必有所由起；祸之作，不作于作之日，亦必有所由兆。故齐之治也，吾不曰管仲，而曰鲍叔⑦。及其乱也，吾不曰竖刁、易牙、开方，而曰管仲。何则？竖刁、易牙、开方三子，彼固乱人国者，顾其用之者桓公也。夫有舜而后知放四凶⑧，有仲尼而后知去少正卯⑨；彼桓公何人也？顾其使桓公得用三子者，管仲也。

仲之疾也，公问之相。当是时也，吾以仲且举天下之贤者以对，而其言乃不过曰"竖刁、易牙、开方三子，非人情，不可近"而已。呜呼！仲以为桓公果能不用三子矣乎？仲与桓公处几年矣，亦知桓公之为人矣乎！桓公声不绝乎耳，色不绝乎目，而非三子者，则无以遂其欲。彼其初之所以不用者，徒以有仲焉耳。一日无仲，则三子者可以弹冠⑩而相庆矣。仲以为将死之言，可以絷（zhí）⑪桓公之手足耶？夫齐国不患有三子，而患无仲，有仲，则三子者，三匹夫耳。不然，天下岂少三子之徒哉？虽桓公幸而听仲，诛此三人，而其余者，仲能悉数而去之耶？呜呼！仲可谓不知本者矣。因桓公之问，举天下之贤者以自代，则仲虽死，而齐国未为无仲也。夫何患三子者？不言可也。

五霸[12]莫盛于桓、文[13]，文公之才，不过桓公，其臣[14]又皆不及仲。灵公[15]之虐，不如孝公[16]之宽厚。文公死，诸侯不敢叛晋，晋袭文公之余威，犹得为诸侯之盟主[17]百余年。何者？其君虽不肖，而尚有老成人[18]焉。公之薨也，一乱涂地，无惑也。彼独恃一管仲，而仲则死矣。夫天下未尝无贤者，盖有有臣而无君者矣。桓公在焉，而曰天下不复有管仲者，吾不信也。

仲之书[19]，有记其将死，论鲍叔、宾胥无之为人[20]，且各疏其短；是其心以为数子者，皆不足以托国；而又逆知其将死。则其书诞谩[21]不足信也。吾观史䲡[22]以不能进蘧（qú）伯玉[23]而退弥子瑕[24]，故有身后之谏[25]；萧何且死，举曹参以自代[26]。大臣之用心，固宜如此也。夫国以一人兴，以一人亡。贤者不悲其身之死，而忧其国之衰。故必复有贤者，而后可以死。彼管仲者，何以死哉？

【注释】

①管仲相桓公：管仲姓管，名夷吾，字仲，齐大夫，做齐桓公的丞相，使齐国称霸于诸侯。

②攘戎狄：攘，排除，赶走。戎，古时候东方的民族。狄，古时候北方的民族。

③竖刁、易牙、开方：三个人都是桓公宠爱的臣子。竖刁是宦官，易牙是好厨师，开方是卫国的公子。

④五公子争立：齐桓公没有嫡子（原配夫人所生的儿子），

五公子都是庶子，互相争夺继承权，竖刁等三人关起宫门来，使桓公没有饭吃，桓公终于饿死，齐国便大乱了。五公子，指公子元、公子潘、公子商人、公子雍、公子昭。后来公子昭即位，就是齐孝公。

⑤ 简公：名壬，后来被陈恒所弑。

⑥ 宁岁：安宁的岁月，太平的日子。

⑦ 鲍叔：就是鲍叔牙，管仲的好朋友。最初鲍叔推荐管仲，桓公才重用他。

⑧ 四凶：共工、驩兜、三苗、鲧。

⑨ 少正卯：鲁国的名大夫，诡诈跋扈，孔子当司寇，摄行丞相的职务，就把他杀了。近人也有认为这件事值得怀疑的。

⑩ 弹冠：把自己的冠帽弄干净，打算戴了出来做官的意思。

⑪ 絷：捆绑。

⑫ 五霸：指春秋五霸，齐桓公、晋文公、秦穆公、宋襄公、楚庄王。

⑬ 桓、文：齐桓公和晋文公。

⑭ 其臣：指晋文公所用的臣子，像狐偃、赵衰、先轸等。

⑮ 灵公：晋文公的孙子，名夷皋。

⑯ 孝公：齐桓公的庶子，名昭。

⑰ 盟主：诸侯结盟聚会的主人，就是霸主。

⑱ 老成人：贤人。

⑲ 仲之书：指管仲写的《管子》，不过现在流传的《管子》

是后人假托他而写的。

⑳ 论鲍叔、宾胥无之为人：《管子》里记载着，管子病重的时候，对齐桓公说："鲍叔这个人，正直而不能使国家强盛；宾胥无这个人，好行善而不能使国家团结。"宾胥无是齐国的贤大夫。

㉑ 诞谩：荒唐欺骗。

㉒ 史䲡：就是史鱼、史鳅，卫国大夫。

㉓ 蘧伯玉：名瑗，卫国的贤大夫。

㉔ 弥子瑕：卫灵公宠爱的臣子。

㉕ 身后之谏：史鱼病重将死，告诉他的儿子说："我在卫国做官，不能让国君用蘧伯玉，免弥子瑕的职，这是我没有尽到辅导国君的责任，死后也不配享受大夫的葬礼。我死了以后，你把我的尸体放在窗下，我就满意了。"他的儿子真的照样做了，灵公来吊丧，看见了觉得很奇怪，问史鱼的儿子。那儿子就告诉他父亲讲的话，灵公惊讶得不得了，脸色都变了。于是下令把史鱼的尸体放在客人的位置，然后重用蘧伯玉，免了弥子瑕的职，这是说史鱼死了还能用巧妙的方法劝谏国君。

㉖ 萧何且死，举曹参以自代：萧何、曹参，都是沛（现在的江苏沛县）人，西汉初的名相。萧何生病，汉惠帝亲自来看他，问他："你死后，谁可以代替你？"萧何说："皇上最了解臣子了。"惠帝说："曹参可不可以？"萧何在床上磕头说："皇上选对了。"

【译述】

管仲做齐桓公的丞相，使齐桓公称霸于所有的诸侯，赶走戎狄外族，一直到死为止，使齐国富强，诸侯都不敢叛变。管仲死后，竖刁、易牙、开方三个小人得势，齐桓公死得很惨，五个公子争夺王位，祸乱扩大，一直到简公的时候，齐国没有一天太平过。一件事业的成功，不是成功在最后那一天，必定有它成功的原因；一桩祸害的发生，不是发生在祸发的那一天，也必定有它发生的预兆。所以齐国的平治，我不以为是管仲的功劳，而是鲍叔的大功。等到齐国发生祸乱，我不认为是竖刁、易牙、开方三个人惹的祸，而要怪管仲。为什么呢？竖刁、易牙、开方这三个人，固然是扰乱国家的人，但是用他们的是桓公。从前有了虞舜，然后知道放逐四凶，有了孔子，才知道杀死少正卯；桓公呢？试看他之所以会用这三个人，关键还是在管仲。

当管仲病倒的时候，桓公问他谁可以代替他做丞相。那个时候，我想管仲该会推荐天下的贤人来回答桓公，可是他所说的，不过是"竖刁、易牙、开方这三个人，没有人的情感，不要接近他们"罢了。唉，管仲认为桓公真能不用这三个人吗？管仲跟桓公相处这么久，也应该了解桓公的为人啊！桓公的耳朵没一天离开过歌唱，眼睛没一天离开过女色，假使没有这三个人，便没法子满足他的欲望了。当初他们三人之所以不被重用，是因为管仲还在。一旦管仲不在了，他们自然可以弹弹衣冠上的灰尘，彼此庆贺了。管仲以为自己临死时的劝告，可以约束桓公吗？其实齐国并不怕有这三个人，只怕没有管仲；有了管仲，这三个人，只是平常的三个人罢了。不然，天下哪里会缺少像这三个小人一样的角色？哪怕桓公真听了管仲的话，杀掉这三个人，但是其余的小人，管仲又怎么能一一除掉呢？唉，管仲可以说不知道事情的根本。在桓公询问他的时候应该趁机推荐贤人来代替自己，那么管仲虽然死了，齐国也未必没有另外一个管仲，又何必怕那三个小人呢？就是不跟桓公提他们也没关系。

在五霸中没有别人能超过齐桓公和晋文公，晋文公的才能，并不比桓公强，他的臣子又都比不上管仲。晋灵公的暴虐，不如齐孝公的宽厚。晋文公死后，诸侯不敢叛变晋国，晋国靠了文公的余威，还能做诸侯的盟主一百多年。为什么会这样呢？因为晋国的国君虽然不贤，可是还有贤臣在朝。桓公死后，齐国无疑是一塌糊涂。他以往只靠管仲一个人，可惜管仲已经死了。其实天下不是没有贤人，是有贤臣而国君不知道去用他。桓公在世时，要是说天下再也没有管仲这种人才，我不相信。

管仲的著作里，记着他快死的时候，批评鲍叔牙和宾胥无这两个人，各有他们的短处，这是他内心以为他们都不配担当治理国家的大任，同时又预知他自己不久就要去世。那么说来，他的书就荒唐不可信了。我看卫国的臣子史鱼，因为不能推荐蘧伯玉而使弥子瑕免职，所以死后还要尸谏；汉朝萧何将死的时候，保荐曹参来代替自己。大臣关心国家，本来就应该这样。国家的兴衰往往决定于一个人。贤能的人不伤心自己快要死去，而担忧自己国家会衰亡，所以必须物色一些贤人，然后才安心地死去。管仲，他为什么没有尽责就死了呢？

【赏析】

这是一篇标准的议论文，而且应该说是"史论"。

议论文的重要条件，是说理清楚而流畅，苏洵的大部分文章都能做到这一点。本文的主题是指责管仲死前没有向桓公推荐继承他的贤人，没有尽到道义上的责任，因此必须对齐国的衰乱负责。

从一般道理上来看，管仲当时已经病重，能够对桓公说竖刁他们不能用，也已经不错了，可是苏洵认为像管仲这样一位身负国家大任的人，早就应该为未来的治国人选考虑清楚，并及时推荐才对。这可以说是"《春秋》（孔子作）责备贤者"的作法。也就是说，愈是贤人，他的责任也就愈大，如果不能做得十全十美，就要受史家的责备。管仲的错误，恐怕不止于死前没有推荐人才，更在于平常没有留心培养人才，否则不至于只批评鲍叔他们，而找不出一个使他满意的人来。

全文一共分四段：

第一段开章明义，说管仲死后，齐国祸乱不停，责任应该由管仲承担。用舜和孔子的事做旁证，又用鲍叔当年推荐管仲的事做陪衬，非常有力。

第二段紧接着前段，分析管仲死前没有积极推荐贤人，才造成小人得势的情形。完全扣住"顾其使桓公得用三子者，管仲也"这句话，这里能够把一种和表面现象（管仲说三子不可用）相反的道理说得那么透彻，确实是很不容易的。

第三段比较五霸中齐、晋两个国家势力的消长，指出关键所在不是桓公、管仲不如晋国的君臣，而是管仲没有推荐贤人代替自己。这是跳出一个孤立事件的范围，作一番客观的比较评价，使读者更深信"管仲有罪过"不只是作者主观的看法。这也是论说文中常用的方法。

第四段先指斥管子著作中的荒谬记载，并进而强调贤人忘记小我、关心大我安危的责任，再度责备管仲没有做到他分内的事。其实这才是本文的重心。

总之，苏洵借管仲的事说出一个政治家的责任：

一、注重国家未来的安危。

二、培养人才，举荐人才。

辨奸论

事有必至，理有固然。惟天下之静者，乃能见微而知著①。月晕②而风，础润③而雨，人人知之。人事之推移④，理势之相因⑤，其疏阔⑥而难知、变化而不可测者，孰与天地阴阳之事？而贤者有不知，其故何也？好恶乱其中，而利害夺其外也。

昔者山巨源见王衍⑦曰："误天下苍生者，必此人也！"郭汾阳见卢杞（qǐ）⑧曰："此人得志，吾子孙无遗类矣！"自今而言之，其理固有可见者。以吾观之，王衍之为人，容貌言语，固有以欺世而盗名⑨者。然不忮（zhì）不求⑩，与物浮沉⑪，使晋无惠帝⑫，仅得中主⑬，虽衍百千，何从而乱天下乎？卢杞之奸，固足以败国，然而不学无文，容貌不足以动人，言语不足以眩世，非德宗⑭之鄙暗，亦何从而用之？由是言之，二公之料二子，亦容⑮有未必然也。

今有人⑯，口诵孔、老之言，身履夷、齐⑰之行，收召好名之士、不得志之人，相与造作言语，私立名字，以为颜渊、孟轲复出；而阴贼险狠，与人异趣⑱，是王衍、卢杞合而为一人也，其祸岂可胜言哉！

夫面垢不忘洗，衣垢不忘澣（huǎn）⑲，此人之至情也。今也不然，衣臣虏之衣，食犬彘之食，囚首丧面⑳而谈《诗》《书》，此岂其情也哉？凡事之不近人情者，鲜不为大奸慝（tè）㉑，竖刁、易牙、开方是也。以盖世之名，而济其未形之患，虽有愿治之主，好贤之相，犹将举而用之，则其为天下患，必然而无疑者，非特二子之比也。

孙子[22]曰："善用兵者，无赫赫之功[23]。"使斯人而不用也，则吾言为过，而斯人有不遇之叹，孰知祸之至于此哉！不然，天下将被其祸，则吾获知言之名。悲夫！

【注释】

①见微而知著：发现隐微的现象，因而预知将会显著发展的事。

②月晕：月亮的四周围绕的光气。

③础润：柱下石生汗（潮湿）。

④推移：变化。

⑤理势之相因：道理和情势彼此影响。

⑥疏阔：远而大。

⑦山巨源见王衍：山巨源名涛，晋朝人。王衍，字夷甫，晋惠帝时人。王衍小时聪明，山涛一见他，就叹息道："哪个老太婆生出这样一个可人儿来？可是将来害天下老百姓的，一定是这个人。"

⑧郭汾阳见卢杞：郭汾阳，就是郭子仪，唐朝华州（现在的甘肃宁县一带）人，封汾阳郡王。卢杞，唐清州（现在的贵州安化县一带）人，面貌丑陋，有口才，当时郭子仪每次接见宾客，姬妾都站在旁边。只有卢杞来的时候，才把侍妾遣开。有人问他

为什么，他说："卢杞长得丑，心思险恶，女人看到他一定会发笑，这样一来，将来他得志了，我们全家就都活不成了！"

⑨ 盗名：博取不实在的声誉。

⑩ 不忮不求：不害人不贪求。

⑪ 与物浮沉：随世俗上下，随和处世。

⑫ 惠帝：晋武帝的儿子，名衷，生性愚笨。

⑬ 中主：中等智慧的君主。

⑭ 德宗：唐代宗的儿子，名适（kuò），生性贪婪下流。

⑮ 容：应当。

⑯ 今有人：指王安石。

⑰ 夷、齐：伯夷、叔齐，是古代孤竹君的两个儿子，因为互相谦让王位而离开自己的国家，一起劝周武王不要讨伐商纣，不听，就隐居在首阳山，后来饿死在山上。

⑱ 异趣：志趣不同。

⑲ 澣：洗衣服。

⑳ 囚首丧面：头发蓬乱像囚犯，面孔不洗像在守丧。

㉑ 愿：心里隐藏恶意、坏心眼的人。

㉒ 孙子：就是孙武，春秋时期齐国人，大兵法家，著有《孙子》十三篇，闻名中外。

㉓ 善用兵者，无赫赫之功：赫赫，盛大的样子。因为将军立功，一定杀人很多，中国人讲究用兵的道理，最好是能少杀人而得到和平，所以孙子说会用兵的人，一定没有很大很惊人的功劳。

【译述】

有些事情一定会发生，有些道理是永远不变的。只有天底下冷静的人，才能发现隐微的预兆而知道将要发生的事情。比如看到月亮四周围绕着的光晕，就知道要刮风了，看到石柱冒汗，就晓得要下雨了，这是人人知晓的。人事的变化，道理和情势的互为因果，实在是远大而难了解，变化多端而不可测的，哪里比得上天地间晴雨冷暖的事？连贤人也有不知道的地方，为什么呢？因为心里的偏见扰乱了他的理性，而外在的利害关系又蒙蔽了他的智慧。

从前山涛看见王衍，就跟人说："这个人一定会害天下的老百姓！"郭子仪看到卢杞，就说："这个人要是有一天得意了，我们全家都活不了！"就现在说来，这当中的道理确实是可以看得清楚的。以我看来，王衍这个人，他的容貌和言语，都足以欺骗世人，盗取虚名，可是不害人，不贪婪，为人随和，假使晋朝没有惠帝，或者他是一个中等的皇帝，就是有千百个王衍，又怎么能够扰乱天下呢？卢杞的奸险，的确能败坏国家，然而他没有学问，不会写文章，容貌不能够感动人，说话也不能够迷惑别人，要不是唐德宗卑鄙下流，又怎么能让他发挥他的奸邪呢？这样说来，那二位先生预料王、卢两人的话，也不一定可信了。

现在有一个人，嘴里说着孔子、老子的话，身体实践着伯夷、叔齐的美德，收容一些好名、不得意的人，相互乱说，私下建立

143

名号，自以为是颜回、孟子又出现了；而他的阴险狠毒，又跟别人不一样，这简直是把王衍和卢杞合并成一个人了，他的祸害，说也说不完呢！

脸上脏了，一定洗掉，衣服脏了，一定洗干净，这是一般人的常情。现在他却不同：穿着囚犯的衣服，吃着猪狗吃的东西，蓬着头像犯人，脸上脏得像专心守丧的人，可是却成天大谈《诗》《书》，这哪里合于常情呢？大凡做事不近人情的人，很少不是大坏蛋，像竖刁、易牙、开方等都是。靠了他盖世的大名，去引发还没发生的灾祸，哪怕有渴望太平的国君，喜用贤才的宰相，还是会重用他的，那么他必然会给天下带来大祸，那就不是王、卢两个人所能比得上的了。

孙子说："善于用兵的将军，没有惊人的战功。"假如这个人不给重用，就是我的话说错了，这个人自然会感慨自己不遇，那就谁也不知道他将造成的大祸了。要不然，天下必受他的危害，而我也将获得先知先觉的名声，那才可悲呢！

【赏析】

这也是一篇议论文。不同于《管仲论》的是，本文是讨论一个同时代的人物，有点像现在报纸上的社论或短评，它的感染力也很强。

这篇文章写在宋仁宗嘉祐五年（1060），苏洵五十二岁，王安石三十九岁，当时王安石还没有受朝廷重用，但是苏洵已经预言"虽有愿治之主……犹将举而用之",这话后来正好应验在神宗身上。至于王安石是不是给天下老百姓造成了大祸,倒是见仁见智,各有不同的看法;照我个人看来:王安石所主张的新法,当然有很多项是相当有眼光的,有的一直到现代还有采用的价值,但是由于:一、没有订出妥当完善的实施细则,所以流弊很多,像青苗法、保马法等,都给老百姓带来很多不便和痛苦。二、实施得太急了,不能循序渐进地做,也没有仔细考虑客观的环境和条件,所以失败。三、用人不当,因为许多君子不肯跟他合作,他的个性又比较孤僻倔强,所以只好引用一些小人,结果一塌糊涂,很多部下做的坏事也就一起记在他头上。由此可知,王安石虽然不是坏人,却因为"不近人情"和考虑不周到,而为老百姓带来了不少痛苦。苏洵当初写成这篇文章的时候,他的儿子苏轼、苏辙读了,都不以为然地说:"太过分了!"只有张方平完全赞成他。现在看来,这篇短文确实是过分了一点,但是也有说对的地方,而且技巧也相当好。

全文可以分五段:

第一段说先见之明是很不容易的。隐隐约约地暗示:我在后面所说的话,大家恐怕不会相信,但是我有充分的自信。

第二段借山涛预言王衍、郭子仪预言卢杞的事,说出古人也有先见之明。不过到最后又有意把话收回了一大半,反说两位的预言不一定有道理。这是为下边的文章准备了一个有利的背景。

第三段用隐名的方式说王安石的言行阴险奇怪,而且肯定地说：他是合王、卢两人为一人，这一方面是借重山、郭二人的预言，一方面也表示自己的见识更超过前人。

第四段又把王安石不近人情的一面渲染出来，更强调他一定会造成大祸。他的判断虽然很大胆，他的道理却说得相当清楚。

第五段借用孙子的话来批评王安石，简直再恰当不过了。王安石的好大喜功，苏洵居然在他正式执政前许多年就看得一清二楚，不能不让人佩服。最后又做了两种相反的假设：一种情形是他的预言落空了，那么就作者来说，也许是没面子的事，对王安石来说，是不遇，但对天下来说，将是幸运的事——不过苏洵没有说得那么露骨而已。另一种情形是预言应验了，作者获得先知先觉的美名，国家、人民却会遇到不幸，因此他以"悲夫！"作结，看似低调，其实有点像狮子吼呢。

前两段等于赛跑时的预备动作，三、四两段是很卖力、很有技巧地往前跑，最后一段就等于是查对成绩和比较别人的成绩了。

心术

为将之道，当先治心；泰山崩于前而色不变，麋鹿兴于左而目不瞬[①]；然后可以制[②]利害，可以待敌。凡兵上义[③]；不义，虽利勿动。非一动之为利害，而他日将有所不可措手足也。夫惟义可以怒士[④]；士以义怒，可与百战。

凡战之道：未战养其财，将战养其力，既战养其气，既胜养其心。谨烽燧[⑤]，严斥堠[⑥]，使耕者无所顾忌，所以养其财；丰犒而优游之，所以养其力；小胜益急，小挫益厉，所以养其气；用人不尽其所欲为，所以养其心。故士常蓄其怒、怀其欲而不尽。怒不尽则有余勇，欲不尽则有余贪。故虽并[⑦]天下，而士不厌兵[⑧]；此黄帝之所以七十战而不殆[⑨]也。不养其心，一战而胜，不可用矣。

凡将欲智而严，凡士欲愚[⑩]；智则不可测，严则不可犯，故士皆委己而听命，夫安得不愚？夫惟士愚，而后可与之皆死。凡兵之动，知敌之主，知敌之将，而后可以动于崄[⑪]。邓艾[⑫]缒(zhuì)[⑬]兵于蜀中，非刘禅[⑭]之庸，则百万之师，可以坐缚；彼固有所侮而动也。故古之将贤，能以兵尝敌[⑮]，而又以敌自尝，故去就[⑯]可以决。

凡主将之道：知理而后可以举兵，知势而后可以加兵，知节而后可以用兵。知理则不屈，知势则不沮（jǔ）[⑰]，知节则不穷。见小利不动，见小患不避；小利小患，不足以辱吾技也，夫然后有以支大利大患。夫惟养技而自爱者，无敌于天下。故一忍可以制百勇，一静可以制百动。兵有长短，敌我一也。敢问："吾之所长，吾出而用之，彼将不与吾校（jiào）[18]；吾之所短，吾蔽而置之，彼将强与吾角[19]，奈何？"曰："吾之所短，吾抗而暴（pù）之[20]，使之疑而却；吾之所长，吾阴而养之[21]，使之狎[22]而堕其中。此用长短之术也。"

善用兵者，使之无所顾，有所恃。无所顾，则知死之不足惜；有所恃，则知不至于必败。尺棰（chuí）[23]当猛虎，奋呼而操击；徒手遇蜥蜴[24]，变色而却步，人之情也。知此者，可以将矣。袒裼（xí）[25]而案剑，则乌获[26]不敢逼；冠胄衣甲，据兵[27]而寝，则童子弯弓[28]杀之矣。故善用兵者以形固，夫能以形固，则力有余矣。

【注释】

①麋鹿兴于左而目不瞬：麋，形体像鹿而比较大。左，在旁边的意思。瞬，眼睛动一下。

②制：裁断，决定。

③上：通"尚"，崇尚。上义就是重视正义。

④怒士：使士兵振奋，同仇敌忾。

⑤烽燧：烽火。古时候有敌人来侵略，就举起烽火来报信。

⑥斥堠：军队里探听敌人消息的尖兵。

⑦并：并吞，统一。

⑧ 士不厌兵：士兵不讨厌打仗。

⑨ 不殆：不懈怠。

⑩ 愚：指不自出主意，只晓得服从。

⑪ 嶮：通"险"，险要，危险的地方。

⑫ 邓艾：三国魏国棘阳（现在的河南新野县东南）人，帮司马懿抵抗蜀国有功，封关内侯，后来升征西将军，蜀汉炎兴元年，率兵入蜀，从阴平（现在的甘肃文县西北）走过无人的地方七百多里，凿山通路，山高而险，将士攀树缘崖，排成一列前进，到江油（现在的四川江油市东），守将马邈投降，到成都，蜀后主也投降了。

⑬ 缒：用绳索吊下去。

⑭ 刘禅：蜀汉后主，刘备的儿子，小名阿斗。

⑮ 尝敌：试探敌人。

⑯ 去就：离开或留下。

⑰ 沮：沮丧，失望。

⑱ 校：较量。

⑲ 角：角斗，战斗。

⑳ 抗而暴之：故意暴露的意思。抗，举，拿出来。暴，暴露。

㉑ 阴而养之：暗地培养他，不让人知道。

㉒ 狎：看不起。

㉓ 尺棰：一尺长的长鞭。

㉔ 蜥蜴：爬虫，形状像蛇，不过有脚，就是俗称的四脚蛇。

㉕袒裼：露臂。也可解释为脱去外衣。

㉖乌获：古代的勇士。

㉗据兵：拿着兵器。

㉘弯弓：拉满了弓。

【译述】

做将领的，原则上要先修养心性，要做到泰山在面前倒塌而脸色不变，麋鹿在旁边跳跃而眼睛不眨一下，然后才能够决断利害，对付敌人。凡是作战，要注意正义；如果不合正义，哪怕有很大的利益，也不肯调动军队去打仗。并不是一调动就有什么大害处，是怕将来会后悔不及。只有正义可以激励士气，士兵在正气的鼓励下，可以带着他们打一百场一千场仗。

打仗有打仗的方法：没打仗以前，要充实财物；快要打仗的时候，要培养实力；打仗的时候要鼓舞士气；打了胜仗以后，要保持斗志。好好地管理烽火，严密地监察敌情，使农夫没有什么顾虑，这就是充实财物的方法；丰富的犒赏，充分的休养，是培养实力的方法；打了小胜仗，要格外加油，打了小败仗，要更加振作，这是培养士气的方法；用人不要完全满足他的欲望，这样才能维持他进取的斗志，所以要让士兵经常保持愤慨敌人的心情，怀着欲望而不能满足。愤慨不完全发泄，就有用不完的勇气；欲望不完全满足，才有进取心。因此哪怕已经得到天下，士兵还是不会讨厌打仗。这就是黄帝打了七十多仗而士兵仍然精神饱满的

150

原因。如果不好好培养斗志和荣誉感，最多打一次胜仗，便没法再打了。

将军要聪明严正，士兵要一贯服从；聪明使人家猜不透他，严正使人不敢冒犯；所以士兵都把自己的生命交托给将军而听他的命令，哪里会不服从呢？只有士兵完全服服帖帖的，才能带他们上战场去拼命。带军队打仗，一定要先了解对方的君主、对方的将领，然后才能冒险犯难。邓艾从山顶用绳子把士兵送进四川盆地，如果不是刘禅昏庸，哪怕邓艾有上百万的军队，守军也一定能够轻易地一一捉住他们，邓艾看准了阿斗无能，这才冒险进攻，终于成功。所以古代的大将，能用自己的军队来试探敌人，而又能以敌军来考验自己，这样便能正确地决定该进兵还是该退兵了。

凡是做将军的，要懂得道理，然后才能运用自如地调动军队，懂得情势，然后才可以出兵，懂得节制，然后才可以用兵。懂得道理，就不会屈服，懂得形势，就不会沮丧，知道节制，就不会穷困。看到小的利益，毫不动心，遇到小的麻烦，也不退避，小利小患根本对我毫无影响，这样才能争取大的胜利，避免大的失败。只有培养高度作战技巧而且自爱的人，才能够无敌于天下。所以忍耐可以支持最大的勇气，宁静的心境可以使人指挥自如。每支军队都有它的优点和缺点，敌人和我们一样。请问："我们军队的优点，好好的运用，敌人却不跟我们较量；我们军队的缺点，我尽量隐藏，可是敌人偏偏要来挑战，那该怎么办？"我说："我们军队的缺点，我故意暴露出来，使敌军怀疑而退兵；我们军队的优点，我暗中加强它，使敌军蒙在鼓里，终于中计。这就是运用我们军队的优点和缺点的战术。"

善于带军队的人，使士兵没有什么好担心的，好像背后有靠山。没什么担心的事，便会觉得要他死也不怕。有了靠山，就知道自己不见得会失败。拿着一尺长的马鞭打猛虎，便能大声喊叫，拼命攻击；不然空手遇到蜥蜴，也会脸色大变而向后退，这是一般人的情形。明白了这个道理就可以带兵了。露出臂膀拿着剑，就是古代的勇士乌获也不敢逼近你，不然，戴着头盔、穿着铁甲、拿着兵器睡觉，连小孩子都敢拉开弓射死你。所以善于带兵的人要显出坚强的样子，能显出坚强的形势，打仗的力量就很充足了。

【赏析】

这是一篇论说文，跟前两篇不同的是：它不是针对一个历史人物或当代名人，而是针对一个问题——带兵、打仗的方法——来反复讨论。

为什么不取名为"为将之道"或"战术"呢？因为古代的大军事家们常说："运用之妙，存乎一心。"所以苏洵写《心术》，其实是"战术"或"将术"的含蓄说法。

《孙子兵法·始计篇》里说："将者，智、信、仁、勇、严也。"这五项又被称作将军的五德。苏洵参考了历代兵家的理论，而以这五德为中心，写出这篇精悍有力的军事论文来。

全文共分五段：

第一段说明做大将的一定要有很高深的修养，镇定从容，像《三国演义》里记载关羽一面喝酒一面让华佗替他割治手臂上的箭伤，华佗的手术刀刮到关公的骨头上，关公仍旧谈笑自若，就是这种修养功夫的具体表现。至于士兵方面，最重要的是要让他们知道什么是对的，什么是错的。双管齐下，互相映衬。

第二段是说明作战的方法，一定要先充实战力，培养士气和斗志。这段里充分发挥了心理学的原理，利用人性的优点和弱点，使士兵不至于懈怠、怯懦和讨厌打仗。举例也干净利落。

第三段强调将军的智慧和威严。知己知彼，才能打胜仗，也才敢用奇兵、冒大险，这就是大智的表现。邓艾破蜀汉的例子，当然非常恰切。不过这段的后半段没有好好发挥"威严"的道理，是文章上的一个小漏洞。

第四段又拈出忍耐和宁静两种将军必备的修养。没有适度忍耐，不能表现出充分而真实的勇气；没有宁静的心境，就不能指挥得恰到好处。同时还要能善用我们军队的长处和缺点，让敌人摸不清底细。譬如诸葛亮在守军不足的情形下，用空城计对付司马懿，就是"吾之所短，吾抗而暴之，使之疑而却"的最好例证。

第五段说用兵一定要有实力，有凭借，这样才能保持信心，打败敌人。句法参差而活泼，读来非常有力量。

总之，做将军的自己先要有足够的修养，然后才能培养士兵的斗志和信心，同时要有充沛的实力，机智的方略，忍耐和决心，冒险的勇气，这才是百战百胜的充分条件。

这篇文章里的思想，可说是综合了儒家（如"治心""上义"）、道家（如"一静可以制百动"）、法家（如"智则不可测，严则不可犯"）、兵家（如"能以兵尝敌，而又以敌自尝"）等的思想，正好表现出作者广博的知识和触类旁通的才华。

第五章 曾巩文选

曾巩，生于宋真宗天禧三年（1019），卒于宋神宗元丰六年（1083），字子固，建昌南丰（现在的江西南丰县）人。

曾巩的祖父名致尧，五代时洁身自好，不肯做官，专心研究学问，宋太宗的时候才出来做吏部郎中，直史馆（兼国史馆编纂），著有文集一百多卷。父亲曾易占，从小有大志，江南人都知道他的大名，曾做玉山令（相当于现在江西玉山县的县长），碰上一个案子，被同郡的将军钱仙芝诬告去职，后来被赦免，即将回朝陈诉真相，不幸在半路上含冤死去。

曾巩小时候很聪明，四岁就开始读书了，随便读几遍，就会从头背到底。十二岁的时候试著作《六论》，写得很快，且文辞雄伟，见解也很精彩，所以他到二十岁的时候，就已经很有名气了。当时的文坛领袖欧阳修读过他的文章以后，就大大地夸奖他，认为他是天才。也就从这个时候开始，他们便结交为好朋友，欧阳修比曾巩大十二岁，地位也高，学问又好，曾巩总是把他当老师看待。

仁宗嘉祐二年，欧阳修做考官，曾巩和苏轼兄弟一起高中，引起一场风波，许多没考取的考生还认为考试不公平呢。其实欧阳修正在提倡质朴有力的古文，曾巩的文章当然是典型的范文。

考中进士以后，曾巩先做太平州（现在的安徽太平县）的司法参军，后来到开封去编校史馆书籍，做了馆阁校勘、集贤校理、实录检讨官，这些官都是"学术官"，不是编书就是校刊整理政府收藏的书籍，这倒很对曾巩的胃口。

不久曾巩又到越州（现在的浙江绍兴市一带）做通判（相当于副州长），任内政绩很好，对赵抃在越州所施行的救灾办法很欣赏，也就照着办理，而且罢除不合理的赋税。遇到荒年，因为政府仓库里储存的粮食不够，而四面乡村里的老百姓又纷纷拥进城里来求取粮食，曾巩灵机一动，命令属下各县分头劝导富户，筹足十五万石米粮，价钱比原来常平仓（政府的仓库）的米价钱高一点点，把它们卖给老百姓，大家都觉得很方便，因为不用走很多的路，就可以买到不算贵的米。同时还由公家借给农夫粮食种子，准许他们秋天收成以后交赋税的时候一起偿还，这样一来，土地固然不会因为农民太穷而荒废，粮食也不会缺乏了，真是一举两得。

不久，曾巩调到齐州（现在的山东济南历城区）去做知州（相当于州长）。那个时候齐州强盗很多，历任知州都很伤脑筋，曾巩采取恩威并济的方法，一面剿匪，一面招抚，许多强盗都受了感动而投降或自首，曾巩原谅他们多半是因为饥饿才做强盗的，就不再处罚他们，反而帮他们找职业，或分配土地给他们耕种。齐州有一个姓周的富翁，仗着他家里有几个钱，横行霸道，儿子周高更坏，到处欺侮老百姓，强奸妇女，做尽坏事。家里的衣服、饰物、用具也都十分讲究，有的根本是王侯才可以用的，他们也不管礼仪规矩，随便使用，自以为很神气。以前的州、县官吏都非常怕他，曾巩是一个有骨气的读书人，毅然拿出最大的魄力来，把他们父子抓起来，判了罪，替齐州老百姓消除了一大害。因为强盗、坏人都给曾巩制裁了，本来流浪、逃亡的人民就愿意回家乡安居了，曾巩又帮助他们整理家园，安定生活，使齐州变成一片安乐的土地，人民对他感激佩服得不得了。

后来，他又到襄州（现在的湖北襄阳市）、洪州（现在的江西南昌市）做官，正好当地流行瘟疫，死了不少人民，曾巩下命令给各乡各镇各驿站，叫他们都要储备治病的药品，免费给病人服用，又设立许多收容所，养护那些没得吃、没得穿的人，医药也一概由公家供应，完全不收费，救活了无数又穷又病的老百姓，大家把他当作"万家生佛"。之后他又被调到福州（现在的福建福州市）、亳州（现在的安徽亳州市）、沧州（现在的河北沧州市）、明州（现在的浙江奉化一带）去做知州，他始终都是尽心尽力，多了解老百姓的疾苦和问题，进一步为他们解忧谋福。他并不羡慕在朝廷做官的人，因为"做大事"比做大官更有意义——凡是对大多数人有益处的事，就是大事。

神宗时代，曾巩奉命回到京都开封报告他施政的情形，神宗是一位有心人，早就对曾巩的文章和政绩有了很深的印象，所以召见他的时候，殷殷慰劳，对他十分重视，留他在朝廷，判三班院。他曾经上书建议：国家的财政，开源固然必要，节流尤其重要，并且具体地举出当时许多浪费公款的事实，跟实行开源节流的方法，都非常契合时代的需要。神宗很欣赏他，曾说："曾巩认为节约是财政上的重要措施，以前的财政专家都没有这样说过。"本来很想重用他，可是宰相吕公著不知是妒忌他还是怎么的，竟对神宗说："曾巩的品格行为不如办公事的成绩，办公事又不如文章那么好。"

就这样，神宗没有升他的官。

神宗因为五朝的历史各自为书，想把它们合成一部，于是命令曾巩以史馆修撰的身份来做这件事，为了尊重他，也没有另外派别的大臣监督他，但后来没有完成。

最后，曾巩掌管延安郡王牒奏，是一个重要的幕僚工作，也正是他表现自己才华的最好机会。但是几个月以后，他的母亲去世了，他就按着规矩辞职回家，又过了几个月，他自己也病死了。死后追谥"文定"，学者尊称他为"南丰先生"。著有《元丰类稿》五十卷。

曾巩是一位脚踏实地、不爱慕虚荣的君子，对朋友讲道义，重信用；对父母孝顺，对弟妹友爱，连对继母也非常孝敬，他的四个弟弟九个妹妹，都仰赖他抚养成人，读书、做事、婚姻的安排也差不多由他一手包办。

曾巩在年轻时代就已经跟王安石结交成好朋友，王安石还没有成名的时候，他热心地把王安石的文章向欧阳修推荐，由此欧阳修才大力为王安石宣扬。

　　王安石成名以后，因为政见不同，两人就疏远了。有一次神宗问曾巩：

　　"王安石这个人怎么样？"

　　"王安石的文学和品格不比扬雄差，只因为'吝啬'，所以比不上扬雄！"曾巩这样回答。

　　"咦，王安石连大富大贵都不放在心上，怎么会'吝啬'呢？"

　　"不，我说'吝啬'，不是指平常的说法。王安石做事很勇敢，可是该改过的时候就'吝啬'了。"

　　这是非常公平的说法，神宗虽然偏爱王安石，也没法替他辩驳了。

　　曾巩的古文对清朝的桐城派有很大的影响，所以有人称他为"桐城派古文宗师"。

寄欧阳舍人书

去秋人还，蒙赐书及所撰先大父①墓碑铭②，反复观诵，感与惭并。夫铭志之著于世，义近于史，而亦有与史异者。盖史之于善恶，无所不书；而铭者，盖古之人有功德材行、志义之美者，惧后世之不知，则必铭而见之。或纳于庙，或存于墓，一也。苟其人之恶，则于铭乎何有？此其所以与史异也。

其辞之作，所以使死者无有所憾，生者得致其严③。而善人喜于见传，则勇于自立；恶人无有所纪，则以愧而惧。至于通材达识，义烈节士，嘉言善状④，皆见于篇，则足为后法，警劝之道，非近乎史，其将安近？

及世之衰，人之子孙者，一欲褒扬其亲，而不本乎理。故虽恶人，皆务勒铭⑤以夸后世。立言者既莫之拒而不为，又以其子孙之请也，书其恶焉，则人情之所不得，于是铭始不实。后之作铭者，当观其人，苟托之非人，则书之非公与是⑥，则不足以行世而传后。故千百年来，公卿大夫至于里巷之士⑦，莫不有铭，而传者盖少。其故非他，托之非人，书之非公与是故也。然则孰为其人而能尽公与是欤？非畜道德而能文章者，无以为也。盖有道德者之于恶人，则不受而铭之，于众人则能辨焉。而人之行：有情善而迹非；有意奸而外淑；有善恶相悬而不可以实指；有实大于名；有名侈⑧于实，犹之用人。非畜⑨道德者，恶能辨之不惑⑩，议之不徇⑪？不惑不徇，则公且是矣。而其辞之不工，则世犹不

160

传；于是又在其文章兼胜焉。故曰：非畜道德而能文章者，无以为也。岂非然哉？

然畜道德而能文章者，虽或并世而有，亦或数十年，或一二百年而有之。其传之难如此，其遇之难又如此。若先生之道德文章，固所谓数百年而有者也。先祖言行卓卓，幸遇而得铭其公与是，其传世行后无疑也。而世之学者，每观传记所书古人之事，至其所可感，则往往蠹（xì）然 ⑫ 不知涕 ⑬ 之流落也。况其子弟也哉？况巩也哉？其追晞（xī）⑭ 祖德，而思所以传之之繇；则知先生推一赐于巩，而及其三世，其感与报，宜若何而图之？抑又思：若巩之浅薄滞拙 ⑮，而先生进之，先祖之屯蹶否塞（zhūn jué pǐ sè）⑯ 以死，而先生显之。则世之魁闳 ⑰ 豪杰不世出 ⑱ 之士，其谁不愿进于门？潜遁幽抑 ⑲ 之士，其谁不有望于世？善谁不为，而恶谁不愧以惧？为人之父祖者，孰不欲教其子孙？为人之子孙者，孰不欲宠荣其父祖？此数美者，一归于先生。既拜赐之辱，且敢进其所以然。所谕世族 ⑳ 之次，敢不承教而加详焉！愧甚不宣。

【注释】

① 先大父：已故的祖父，即曾致尧。

② 墓碑铭：墓前的碑，古人用木头做，汉朝以后才用石头。铭，刻在石头上的文章。这种文章是专门记载死人的功德言行，以留传给后世的。

③ 致其严：表达他的敬意。

④ 嘉言善状：好的言语，好的事情。状，指事实。

⑤ 勒铭：刻铭文在石头上。

⑥ 公与是：公正与事实。

⑦ 里巷之士：乡下人。

⑧ 侈：大。

⑨ 畜：积蓄。

⑩ 不惑：懂得道理，不迷惑。

⑪ 不徇：不徇私，不从私，不为私心而变。

⑫ 蠢然：伤痛的样子。

⑬ 涕：眼泪。

⑭ 追睎：追慕，追念。

⑮ 滞拙：愚钝，不聪敏。

⑯ 屯蹶否塞：困顿不遇，遭遇很坏。

⑰ 魁闳：大，伟大。

⑱ 不世出：三十年（一代）未必能出现一个。世，三十年为一世。

⑲ 潜遁幽抑：潜藏隐遁，抑郁不得志。

⑳ 世族：就是世家，历代都做官的家族。

【译述】

去年秋天，我派到您那儿去的人回来，带来您给我的信和您所写的先祖父墓志铭，我反复地诵读，又感激，又惭愧。墓志

162

铭在世间流传，它的意义跟历史书差不多，但也有跟历史书不同的地方。因为历史书上不管好事坏事，没有不记载的；但是铭志的作品，是古代有功德、有才能、有品行、有大志的人，怕后来的人不知道，才用它来表扬他。有的进献到庙里，有的保存在墓里，表面上不同，道理却是完全一样的。如果那个死人做过什么坏事，墓志铭里又怎么会说出来呢？这就是墓志铭跟历史书不同的地方。

写墓志铭，是要使死去的人毫无遗憾，活着的家人或朋友可以表示对他的敬意。这样一来，好人喜欢流传他的事迹到后代，便勇敢地自立立人；坏人没什么值得记载的，就感到惭愧，甚至于有点害怕。那些有才能有见识的人，忠义英勇的人，他们美好的言行，都记载在文章里，可以做后代的模范，那种警世劝勉的效果，不是跟历史书非常相似吗？

到后来社会风气越来越不好了，一般做人家儿子、孙子的人，只是一味地想表扬自己的亲人，却不照着公认的道理来做。所以哪怕是一个坏人死了，也要替他刻墓志铭，胡吹乱言，欺骗后来的人。作者既然没法板起脸孔来拒绝人家，又因为是那个死人的子孙来拜托他写的，如果直写死者的坏事，在人情上实在说不过去，于是墓志铭便开始失去了真实的意义。后代作墓志铭，要看写的人是怎样一个人，如果所拜托的人不得当，他所写出来的就不公平，不真实，那么就不能够流传世间和传给后代了。所以近几百年来，从做大官的到乡下人士，几乎没有一个死后没有墓志铭的，但是真正能流传下来的实在很少。这倒也没有什么别的原因，只因为所托的人不得当，他所写的也不公平，不真实。那么，要怎么样的人才能做到公平和真实呢？不是有道德、文章又写得好的人是无法胜任的。道理很简单：有道德的人，一定不肯替坏人写墓志铭；同时在许多人当中，他能分辨好坏。人的品行不同：有的用意良善，结果却不好；有的心地奸险，外表却装作好人；有的好事坏事都做，很不容易具体地分开来；有的实际超过他的名望，有的虚名超过实际，就像用人一样。不是有很高道德修养的人，又怎么能清清楚楚地辨别他们，不怀一点私心地批评他们呢？不迷惑、不徇私，便能做到公平和真实了。可是如果他的文章不够好，依然不会在这世上好好流传，所以要在文辞方面也很出色才行。前面说过：不是有道德又能写很好的文章的人，是无法胜任的。难道不是吗？

但是，有道德又很会写文章的人，也许当时就有，也许要等上几十年，也许等一两百年才有。一个人的德行要能够流传后世，已经不太容易，要碰到一个真正能写墓志铭的人，更不容易。像您先生的道德文章，确实可以算是几百年才有一位。先祖父的言行都很杰出，幸而能够碰上这样一位写铭既公平又真实的作家，看来他必定能够流传后世，永远不朽了。一般读书人，往往读了传记中所记载的古人的事，有让人感动的，就悲痛得不知不觉地流出了眼泪。何况是死者的子孙呢？更何况是我自己呢？我想念先祖的德行，自然而然地会想到他传颂不已的原因，这才知道先生不只是对我有很大的恩惠，而且还推广到我家三代，我又怎么能表达我对您的感激，怎样能报答您的大德呢？又想到像我这样浅薄愚笨的人，先生却提拔我，先祖父由于困顿不得志而死，先生却表扬他。那么天下的大豪杰和三十年不容易一见的人物，哪一个不愿意到先生的门下来呢？潜藏隐逃、抑郁不得志的人，哪一个不对这世界重新兴起信心呢？好事谁不愿做，做了坏事谁不感到惭愧害怕？做人父亲和祖父的，谁不想好好教导他的子孙？做人子孙的，又谁不想荣耀他的父亲和祖父？这几桩好事，都该归到先生身上。我已经额外地拜受了您的墓志铭，现在又向您表示感激的心意。至于先生所告诉我的世代家族的次序，又怎敢不承受您的教导而详细考究呢？真惭愧啊，我实在不能完全地表达我的心意。

【赏析】

这是一篇书信体的论说文。表面上是一封道谢的信，实际上却是借此讨论写墓志铭的困难，以及一个人要想流传后世的不易。

曾巩的祖父致尧，是一位清廉正直的官员，所以欧阳修愿意为他写墓志铭，不只了为他跟曾巩的私交，更由于敬重曾致尧的为人，否则他就难免也犯了"徇私"的毛病了。曾巩虽然没有正面说到这一点，实际上的意思却已经点到了。因此，表面上只是感谢欧阳修的大手笔，实际上也非常含蓄地表扬了自己的祖父，这真可以说是一箭双雕的作法。

全信分四段：

第一段由感谢对方为自己祖父写铭说到墓志铭和历史书的不同，伏下下文对墓志铭的正反议论。

第二段又反过来说墓志铭和历史书相同的地方：可以劝勉好人好事，也可以警戒坏人坏事。他把世间的人分为圣贤、善人、恶人三种，圣贤的墓志铭对后人有启示作用；一般好人、坏人，则受了墓志铭的潜在影响力的感染，在行为上有一种改变或加强。

第三段写近代墓志铭的厄运：它已经变成缺乏标准的应用文了，往往只顾人情，而不管公平、真实的原则。后半猛然一转，说出写作墓志铭最理想的人选：既有道德，又有文才。这么一来，整篇文章的脉络又跟第一段连接上了。第一流的墓志铭就是第一流的历史传记，第一流的墓志铭作者，不也就是第一流的历史家？

第四段说两个条件齐全，是不容易的：死者要有美好的德行功业，作者要有道德修养和出色的文才。而曾巩的祖父却偏偏得到这么好的命运。于是他以最含蓄也最强烈的方式，表达了他对欧阳修的感激。这份感激，由个人而家族，已经是一种难能可贵的扩大，没想到曾巩又把它引申到一切当代的豪杰人物、高隐之士，甚至所有的儿孙，所有的父亲、祖父！这样的赞誉，欧阳修是不是当得起是一回事，曾巩说得那么真挚，却是谁也不会怀疑的事。

写文章一定要懂得扩大、加强讨论的广度和深度，曾巩这封书信，可以说是两方面都做到了。

赠黎、安二生序

赵郡[①]苏轼，予之同年友[②]也，自蜀以书至京师遗予，称蜀之士曰黎生、安生者。

既而，黎生携其文数十万言，安生携其文亦数千言，辱以顾予。读其文，诚闳壮[③]隽伟[④]，善反复驰骋，穷尽事理，而其材力之放纵，若不可极者也。二生固可谓魁奇[⑤]特起之士，而苏君固可谓善知人者也。

顷[⑥]之，黎生补江陵[⑦]府司法参军[⑧]，将行，请予言以为赠。予曰："予之知生，既得之于心矣，乃将以言相求于外邪？"黎生曰："生与安生之学于斯文[⑨]，里之人皆笑以为迂阔[⑩]。今求子之言，盖将解惑于里人。"予闻之，自顾而笑。夫世之迂阔，孰有胜于予乎？知信乎古，而不知合乎世；知志乎道，而不知同乎俗。此予所以困于今而不自知也。世之迂阔，孰有甚于予乎！今生之迂，特以文不近俗，迂之小者耳，患为笑于里之人。若予之迂大矣，使生持吾言而归，且重得罪，庸讵[⑪]止于笑乎？然则若予之于生，将何言哉？谓予之迂为善，则其患若此；谓为不善，则有以合乎世，必违乎古，有以同乎俗，必离乎道矣。生其无急于解里人之惑，则于是焉，必能择而取之。遂书以赠二生，并示苏君：以为何如也？

【注释】

①赵郡：现在的河北赵县。苏轼本人虽然是四川眉山人，但是他的远祖苏味道却是唐朝赵州人，所以这么说。

②同年友：同年考中进士的朋友。

③闳壮：宏壮刚强。闳：宏。

④隽伟：隽永伟大。

⑤魁奇：杰出，特殊。

⑥顷：不久。顷之：不久以后。

⑦江陵：现在湖北荆州市。

⑧司法参军：官名。郡府中的军法官。

⑨斯文：这种文章，指古文，而不是骈文或专门应付考试的文章。

⑩迂阔：迂曲高远，不切实际。

⑪庸讵：反问语，等于"岂止"。

【译述】

赵郡的苏轼，是跟我同年考取进士的好朋友。他从四川寄了一封信到京都给我，称许四川的两位书生，一位姓黎，一位姓安。

后来，黎生带了他的几十万字文章，安生也带了几千字的文章，很谦虚地来看我。我读了他们的文章，觉得它们的确雄壮隽永，能反复发挥，把事情的道理剖析得很透彻。他们的才华奔放，好像没有止境似的。这两位先生的确可以称得上是杰出的读书人，而苏先生也可说是善于认识人才。

不久，黎生补上江陵府司法参军的缺，快要动身的时候，请我说几句赠别的话。我说："我心里了解你，又何必说出来呢？"黎生说："我跟安生一起学做古文，家乡的人都笑我们迂腐。现在请您说一些话，好拿来解除那些同乡的疑惑。"我听了以后，自己对自己笑了。眼前这世界上的人里面，还有谁比我更迂，更不切实际的呢？只晓得相信古人的话，而不知道迎合时尚；只晓得追求道德，而不懂得配合世俗。这就是我不得志而自己还蒙在鼓里的缘故了。世间的人，还有谁比我更不切实际的呢？现在看看你黎生的迂，只是为了写古文不合世俗的要求，这是小迂，大不了给同乡的人嘲笑几声罢了，没有什么关系。至于我的不切实际，那可是大迂特迂，假使你带了我说的话或者我写的文章回去，恐怕不止给人嘲笑，还要大大地得罪人呢！所以说嘛，像我这样的人，该对你说些什么呢？要是说我的迂是好的，可是它却明明有那么大的害处；要是说它不好，那么迎合时髦，一定会违背古人的道理，配合世俗，一定会远离道德。我想你还是不要急着解除那些同乡人的疑惑吧，你自己一定能在两条路线当中选一条正确的路。现在我就把这些话写给你们二位，同时也请教苏兄：您认为对不对？

【赏析】

这是一篇赠序类的古文，跟韩愈的《送董邵南序》一样。不过这篇的作法比较正常，并不沾带讽刺或反面的暗示，话说得很

169

诚恳，很实在。

全文可分三段：

第一段说明作者对黎生、安生最初的印象是由苏轼提供的。

第二段记述黎生、安生跟他认识的经过，也顺便称赞了他们的文章，由他们的文章又认定他们是杰出的人才，并回应第一段，推许苏轼知人。

第三段是本文的重心。作者由黎生求他说些赠别的话，而引出迂与不迂、小迂与大迂的议论。所谓小迂，就是学写古文；所谓大迂，就是相信古人的话，追求真理和道德。这两种"迂"，在一般人看来，都是不切实际，而且有点可笑的。但是曾巩很含蓄地启示黎、安二生，天下不同的人一定有不同的价值观念：世俗的人认为你迂，也许正因为你选择了一个正确的方向，做了一些正当的事。你又何必因为周围的人嘲笑你、不了解你，而改变自己，或念念不忘、耿耿在怀呢？

譬如在今天的社会里，大家都认为赚钱很重要，将来长大了，不是学医做医生（做医生当然也可能是"做大事"，但为了赚大钱而做医生就不是了），就是进入工商企业界做事，这样才算"有出息"，至于自己的兴趣，社会上其他人的幸福，等等，都可以不管。如果你是一个有特别有志向的人，想为国家社会做一番大事，甚至做一个造福全人类的伟人，也许会有许多同学、邻居笑你，甚至你的爸妈哥姐都不了解你，这时候，你就一定不要忘了曾巩在这篇文章里所说的话："无急于解里人之惑"，继续把握自己的方向，创造自己的命运。

　　这篇文章，如果读者能够不咬文嚼字地去死读，一定能读出它永恒的价值。

墨池记

临川①之城东，有地隐然而高，以临于溪，曰新城②。新城之上，有池洼然而方以长，曰王羲之③之墨池者——荀伯子④《临川记》云也。羲之尝慕张芝⑤临池学书，池水尽黑，此为其故迹，岂信然耶？

方羲之之不可强以仕，而尝极东方，出沧海⑥，以娱其意于山水之间，岂其徜徉⑦肆恣⑧，而又尝自休于此邪？羲之之书晚乃善，则其所能，盖亦以精力自致者，非天成也。然后世未有能及者，岂其学不如彼邪？则学固岂可以少哉？况欲深造道德者邪？

墨池之上，今为州学舍。教授王君盛恐其不章⑨也，书"晋王右军墨池"之六字于楹⑩间，以揭之，又告于巩曰："愿有记。"

惟王君之心，岂爱人之善，虽一能不以废，而因以及乎其迹邪？其亦欲推其事以勉其学者邪？夫人之有一能，而使后人尚之如此，况仁人庄士之遗风余思，被于来世者，何如哉？庆历八年九月十二日，曾巩记。

【注释】

① 临川：现在的江西抚州临川区。

② 新城：在临川县东，不是现名黎川县的那个新城。

③ 王羲之：东晋人，字逸少，王导的侄儿，做过右军将军，人称王右军，大书法家，他的草书、隶书尤其是古今第一。

④ 荀伯子：南朝宋朝人，原为东晋的著作佐郎，跟徐广一起修国史，到了宋朝，做东阳太守。

⑤ 张芝：后汉书法家，酒泉（现在甘肃酒泉市一带）人，字伯英，擅长草书，临池学字，池水都被墨染黑了。后人称他为"草圣"。

⑥ 沧海：就是大海。海水是青苍色的，所以叫沧海。

⑦ 徜徉：徘徊，漫步。

⑧ 肆恣：放纵，毫无拘束。

⑨ 章：通"彰"，显著。

⑩ 楹：房室间四根直柱当中的前面两根，旁边没有依傍的。

【译述】

临川城东边，有一块高耸的地方，隐隐约约的，靠在溪边，叫作新城。新城上面，有一个凹下的池塘，呈长方形，据南朝荀伯子写的《临川记》里说：这就是当年大书法家王羲之靠着池边写字的墨池。羲之曾经羡慕张芝靠在池边学字，弄得池水全染黑了。这就是他写字的遗迹，不知可信不可信。

当年王羲之不肯勉强去做官，而一直到最东边去游玩，出了大海，在山水当中享受生命的乐趣。难道说他曾到处浪游，而又在这儿歇脚休息吗？羲之的字，到了晚年才成熟，那么他的成就，也是努力得来的，不是完全靠天才。可是后世的人没有比得上他的，恐怕是他们学习的工夫不如他那么深吧？这样看来，人怎么可以不努力学习呢？学字如此，何况想修养高雅的道德呢？

墨池上边一带，现在是州学校的校舍。州学校教授王盛先生惟恐一般人不知道，特地在楹柱上写了"晋王右军墨池"六个字，让大家都一目了然，又对我说："但愿你能写一篇《墨池记》。"

我推想王先生的心意，大概是他欣赏别人的长处，哪怕只是一种技艺也不放过，并且因此对那位古人的遗迹也珍爱起来了。他恐怕是想借着表扬王羲之的事情，来鼓励他的学生们吧？一个人有一种专长，还会让后人那么仰慕，何况仁人君子的美德善行，对后代发生很大的影响呢？仁宗庆历八年九月十二日曾巩记。

【赏析】

这是一篇夹带议论的记述文。

它的主题有三：一、君子对别人的长处要懂得珍爱，甚至念念不忘，设法为他宣扬，像王盛教授便是这样的一个范例，哪怕王羲之只有字写得好一种专长（其实羲之的人品和文章也很好）。

二、从王羲之的墨池那么受后人重视，推想到一个人在世界上只要努力，一定会有成就，而天才是不可靠的。学习的工夫够不够，才是成功与否的关键。这使我们联想到大科学家爱迪生的名言："我的成功是靠一分灵感，九十九分血汗。"

三、一种技艺都能使后人那么重视，何况在德行功业思想方面有很高造诣的仁人君子，他们的不朽，他们的受尽后人的膜拜，更不在话下了。以此勉励读者进德修业。

全文可分四段：

第一段写出墨池的地理位置、形状、历史渊源。

第二段由墨池想到王羲之当年的高风亮节和飘逸的行踪，进一步探讨他书法方面的成就：一方面，池子的染黑，就代表了王羲之学字的勤勉；另一方面，羲之字到了晚年才出神入化，炉火纯青，可见他不是只靠天才而成功的，因此直截了当地点出苦学的重要性。

第三段又由古代回到当代：叙述州学校的王盛教授如何爱惜墨池，以及这件事所象征的意义，顺便说到他作记的动机。

第四段把前述的第一、第三两个主题加以发挥，用了三个反问句，比正面的说教更有力量，跟第二段的作法近似。

写这种记述、议论糅合在一起的文章，作者一定要头脑清楚、思想活泼，否则难免会弄巧成拙的。

第六章　王安石文选

王安石，生于宋真宗天禧五年（1021）十一月十二日，卒于哲宗元祐元年（1086），字介甫，抚州临川（现在的江西抚州市临川区）人。

王安石的父亲名益，生他的时候正做着临江军判官，后来以殿中丞的身份做韶州（现在的广东韶关市）知州，最后做到员外郎。王益在长江南北各地做官，王安石也跟在身边，自然接触到不少社会人物，因此对民间疾苦了解很深，在他少年时代，便有很高的抱负，决心将来努力改革政治。

王安石从小聪明过人，记性特别好，据说任何书籍读一遍就能够牢牢记住了，他写文章的天赋也很高，常常灵感像泉水一样地涌上来，埋头快写，简直好像不假思索似的，写成以后一看，精妙极了，布局好，修辞好，气势也充沛。

十六岁跟随父亲游京都，跟曾巩结为好朋友，以兄长的礼节待他，后来曾巩把王安石的文章推荐给欧阳修，欧阳修欣赏得不得了，写了一首诗给他，说："将来谁能跟你竞争呢？"这样一来，王安石才开始成名，而且名气一天比一天大。

仁宗景祐四年，王益做了江宁（在现在的江苏南京）通判，王安石也到了任所。不幸父亲在仁宗宝元二年死在江宁，葬在牛首山，他们一家子从此以后也不得不侨居江宁。

仁宗庆历元年，王安石二十一岁，到京都参加礼部的考试，二年三月发榜，因为欧阳修等人的提拔，王安石高中进士第四名。当时有一种有趣的传说：他的文章原来被好几位考官评作第一名，可是后来仔细再看，发现文章里有不少犯忌讳的地方，只好把他改成第四名。王安石并没有把这件事放在心上，但这也反映了他是一个有见识、有勇气的读书人，哪怕参加朝廷的考试，也敢写出自己心里的话，不怕触犯忌讳，不怕给自己招来麻烦。

考中以后，王安石先担任淮南（现在的安徽淮南市）判官。三年期满，按照当时的规矩，他可以献上一两篇文章，请求参加甄选，以便调到中央政府去做官，先做秘阁校书（等于国家图书馆编纂一类的官职），然后才一步步地升上去，但是，王安石喜欢在地方上多为老百姓做一些实际的事情，所以放弃回京的机会，不久调任鄞县（现在的浙江宁波市鄞州区）知县。到任以后，便大兴水利，修筑堤防，开凿池塘，并且以很低的利息借钱给农民，一方面增加农田生产，一方面解除青黄不接的痛苦，受到许多人的称颂。不久又调为舒州（现在的安徽潜山市）通判，也做了不少造福百姓的事。任期告满的时候，王安石仍旧不想请求诏试，宰相文彦博和欧阳修都竭力向各路首长及朝廷推荐王安石，说他做事笃实，生性恬淡，不爱慕虚荣，请皇上特别提拔他。

王安石仍然不肯应试，皇帝便破例任命他做集贤院校理（相当于社科院研究员），他还是尽量推辞。欧阳修再推荐他做谏官，王安石还是以祖母年老，需要他奉养为理由，没有上任。接着又叫他做群牧司判官，他因为已推辞了好几次，不便再辞，只好就任。群牧司是主管全国养马工作的机关，由清廉公正的包拯做首长，王安石很快就成了他的得力助手。

仁宗嘉祐二年，王安石调到常州（现在的江苏常州市）做知州。他生活简朴，勤政爱民，像以往一样，很得老百姓的爱戴。第二年调任江南东路提点刑狱（相当于高级人民法院院长，不过权力还大些），在任内取消榷（què）茶法，停止了江东（现在的江南）一带的茶叶专卖，以免茶农受到层层剥削。嘉祐五年，他又调任三司度支判官，负责掌管国家的财政收支，他因为在地方上工作十多年，经验丰富，又关心老百姓的各种问题，所以向仁宗上了一封万字以上的信，指出当时全国财力日渐穷困，风俗也日渐败坏，关键就在于大家不守规矩，也不能效法先王的政治措施。仁宗没有采纳他的建议，反而叫他修起居注，记录皇帝的生活及言行。王安石志在治国治民，不屑做这种琐碎的工作，所以不肯接受，为了表示态度坚决，竟把自己家里的大门关起来，不接见任何客人，送任官令的公差来找他，他就躲进厕所里去，公差很头痛，只好留下敕命（皇帝的命令），他赶紧派人追上去把它奉还，公差怕交不了差，再一次送到王府，王安石又派人送回，一连几次，王安石才不情不愿地收下。

仁宗嘉祐六年，王安石知制诰（相当于皇帝的机要秘书），为皇上代撰圣旨、文告、应酬的文章，别人对这个职务想求都求不到，王安石却一点也不稀罕，只觉得没什么意思，还在诗里说："可怜无补费精神"——意思就是说白费许多心力，对国计民生没有一点益处。不过皇帝对他比以前更加赏识，他的名气也越来越大。

嘉祐八年八月，他的母亲吴太夫人在京都死了，许多达官贵人都来吊丧，只有刚直的苏洵不肯去吊祭。

英宗治平二年七月，他的三年母丧已经守完了，皇上降旨要王安石回京，安石以有病推辞，仍待在江宁。

神宗在两年以后即位，年纪只有二十岁，锐气十足，有心大规模改革朝政。王安石虽然屡次没有奉诏上任，实际上他的野心却大得很，只想早点做上宰相，一展他的抱负，于是结交中原最显贵的两个家族韩、吕，和韩绛（jiàng）、韩维、吕公著等交往密切，他们也随时替他宣传。神宗做太子的时候，韩维做他的记室（等于现在的秘书），每次说话受到太子的称许，一定会说：

"这不是我的主张，是我朋友王安石的见解。"

所以神宗对王安石的印象非常深刻，十分想见他一面，可惜王安石老是不肯回京。神宗上台以后，便命令王安石做江宁府知府，这是南方最重要的一个地方，明眼人一看就知道他要受重用了。果然，几个月后，又召他做翰林学士兼侍讲，俨然成了皇帝的老师和参谋。

神宗熙宁元年四月二日，王安石四十八岁，奉命不按次序入宫，接受皇帝的询问。神宗问他：

"治理天下，什么事最重要？"

"选择恰当的方法最重要。"王安石胸有成竹，侃侃而谈。

"你看唐太宗这个人怎么样？"神宗用灼灼的眼神望着他，心里显然想拿自己来比唐太宗。

"皇上应该学唐尧、虞舜！唐太宗算什么。"好大的口气。

"唐太宗得着一个敢劝谏的魏征，刘备得着一个很有智慧的诸葛亮，才能做出一番大事业来，那两位先生实在了不起。"

"皇上只要能做到尧、舜的地步，"王安石只管说他自己的，"那么您身边自然会有皋陶（gāo yáo）、夔（kuí）、稷（jì）、契一类的大臣；您能做到殷高宗的地步，便自然会出现傅说（yuè）这样的圣人。"很显然的，王安石隐隐地以皋陶、夔、稷、契、傅说自居。

从此以后，神宗对王安石更加器重了。最初还怕提拔王安石太快，会引起其他大臣的反感，到了这时候，什么也顾不了了。

熙宁二年二月，命王安石做参知政事，并且和陈升之同负责制置三司条例司，商议推行新政。五月，王安石又上书，使神宗对他格外信任，并全力支持他变法的建议。他受到这种前所少有的宠信，便大刀阔斧地展开了全新的一页历史——熙宁变法，或者说是"王安石变法"也可以。

熙宁三年，王安石升任同中书门下平章事，也就是正宰相，掌握了治理天下的大权。

他的新法内容包括：青苗法——借给农民公款，使他们播种时有根苗有肥料；市易法——把民间销路不好的货物，由公家用平价买进，或以其他物品交换，以免奸商乘机抬高物价；免役法——把差役改成雇役，一般人向公家按资产多少分别交钱，叫作"免役钱"，公家就用这笔钱另外雇人服劳役；均输法——是沟通江、浙、荆（河北的一部分）、淮上（江苏、安徽的一部分）和京都各地的物资，互通有无，贮存、交换，减少车船转运和人民的劳苦；方田均税法——重新清量全国土地，划为相同的单位，分五等以决定税率；保甲法——严密地方组织，每家出壮丁，又行连坐法；保马法——由志愿的义勇代公家养马，死了病了要负责赔偿；置军器监——招募良工匠师，制造精良武器，以充实国防；立太学三舍法——州县都建立学校，增加京都的太学生，分内舍、外舍、上舍，逐等升级，此外还加设律学、医学、武学等，取消考诗赋，改考经义、策论。

这一连串的新政措施，确实眼光远大，设想周到，就是我们在今天看来，也还有很大的价值。为了贯彻命令，他还派出提举官四十多人，把各项新法颁行天下各地。

王安石执政以后，任用吕惠卿、章惇等做左右手，他们常替他出许多主意，他的儿子王雱也参与其中。不久王雱乘机舞弊贪污，引起很多批评；在朝在野的许多名人，都纷纷起来反对新法，同时攻击这些执行新法的人，但是王安石的个性非常固执，固执到有点孤僻的地步，所以依旧独断独行。许多政府的大臣和元老，都因为反对王安石而被他贬官、放逐，如吕诲、吕公著、范镇、范纯仁、张方平、程颐等，甚至做过宰相的富弼也不能例外。欧阳修退休了，苏轼兄弟也被罢官、加罪。司马光反对他，神宗还帮王安石答辩。弄到后来，几乎所有的反对者都被抓起来治罪，人民连说话的自由也没有了。

熙宁六年春天，碰上大旱灾，老百姓怨声四起，慈圣、宣仁两位太后也知道了，流着泪对皇帝说：

"安石弄乱了天下。"

神宗听了，心里很难过，就请王安石来，对他很和缓地说：

"听说老百姓对新法很不满意。"

"天冷、天热、下雨，老百姓也都会埋怨，所以这不用放在心上。"

神宗说：

"要是根本听不到人民埋怨天冷天热或下雨该多好！"

王安石听了很不高兴，就此假托有病，好一阵子不上朝。

这时候，王韶克复河北，又收复洮州、岷州、迭州、宕州，阻止了西夏的侵略，神宗认为这也是王安石的功劳，特地解下身上的玉带赏赐给他，表示慰劳，也希望他对上次的事不要有芥蒂。

不料王安石的第一心腹吕惠卿，为了满足自己的野心，竟然出卖了他，在神宗面前告了他一状：

"王安石不走正路，专搞纵横家的花招，同时还写了一封欺君的信。"

神宗把那封信交给王安石，安石说他没有写，神宗不大相信。安石回家以后，立刻向儿子王雱查问，才知道是他假托父亲的名义所写，安石把他痛骂一顿，王雱又气又后悔，背上的疽（jū）疮发作，以三十三岁的英年死去了。

王雱是一个阴险而狂妄的人。有一次王安石跟理学家程颢在谈天，王雱披头散发，赤着脚，手里拿了一顶女人的冠帽出来，听到他们正在谈新法的事，竟大声地说：

"砍掉韩琦、富弼的脑袋，新法就可以行得通了！"

王雱一死，王安石更觉得孤单，也有几分惭愧。熙宁七年四月，几次上章辞职，神宗也烦腻了，就罢免他宰相的职位，改为观文殿大学士兼江宁府知府。安石推荐吕惠卿、韩绛代行自己的职务，哪知人心难测，这两个人反而设法诬告他，陷害他。八年二月，安石又恢复宰相地位，神宗又说了一次老话："民间觉得行新法很苦。"王安石气得很，再托病辞职，又罢为镇南军节度使，同平章事，判江宁府。十年，三次辞江宁府事，神宗任命他为集禧观使。元丰元年还升他做尚书左仆射，封舒国公，元丰三年，改封荆国公，以后就定居江宁城外的钟山（紫金山），专心写诗并研究学术。

王安石在钟山建筑了一些简单的房屋，种了不少花木，取名半山园，自号半山。元丰七年，他和政敌苏轼会面，谈得很投机，并且接受苏轼对他的批评，可见他的修养已经比以前好多了。

哲宗即位以后，由高太后临朝听政，大赦天下，为了酬劳王安石的辛勤，特别进封他为司空，但对新法，则顺应民意，逐渐废除，王安石所任用的人也一个个离职，王安石烦恼极了，终于发病而死，享年六十六岁。赠太傅，谥号"文"。

王安石新法的失败，原因有四个：

一、用人不当：引进了不少小人，误事不小。

二、欠缺有效周密的实施细则，也没有充分的监督和检讨。

三、守旧的大臣反对得很强烈。

四、王安石的个性太倔强，不能平和、豁达地面对种种问题。

王安石的文章简洁而厚实，有些也表现了孤峭的特色，有点像司马迁，也有点像韩愈和柳宗元。诗在晚年尤其成熟，深沉委婉，富有言外之意。著有《王临川全集》《三经新义》等。

读《孟尝君传》

世皆称孟尝君[1]能得士，士以故[2]归之；而卒赖其力，以脱于虎豹之秦[3]。嗟乎！孟尝君特鸡鸣狗盗[4]之雄耳，岂足以言得士？不然，擅齐之强，得一士焉，宜可以南面[5]而制秦，尚何取鸡鸣狗盗之力哉？夫鸡鸣狗盗之出其门，此士之所以不至也。

【注释】

① 孟尝君：战国时期齐国靖郭君的儿子，姓田名文，做齐国的宰相，封于薛（现在山东藤县西南的薛城，为枣庄市辖区），号孟尝君，养贤士食客几千人。到秦国，秦昭王想杀他，靠了他平常养在家里的食客会学鸡叫、狗盗，才能免难。《史记》有《孟尝君列传》。

② 以故：因此之故，因为这个缘故。

③ 脱于虎豹之秦：孟尝君到了秦国，秦昭王把他捉起来，就要杀他了，孟尝君的食客里有一个会学狗爬偷东西的，乘着黑夜像狗一样地溜进秦国宫殿里，偷走孟尝君所献给昭王的白狐裘，送给昭王宠幸的姬妾，那位宠姬就对昭王说了一些好话，使昭王放走了孟尝君。孟尝君立刻带着随从，奔驰离去。夜半到函谷关，那儿有一项规定：清早鸡叫以后，才能放客人出关。孟尝君怕昭王后悔，又派人追上来，心里正在着急，食客里有一位会学鸡叫的，就像公鸡一样地叫了起来，他一叫，四周的鸡都响应起来，

185

守关的人就打开了大门，放他们过去。

④鸡鸣狗盗：学鸡叫，学狗偷东西，后来专指有小技巧而不正派的人，甚至就指小偷一类的人。

⑤南面：古时候帝王的座位向南，所以引申作帝王的地位或帝王。

【译述】

一般人都称赞孟尝君能收容不少贤能的食客，贤能的人也因此而纷纷归向他，最后还是靠了他们的力量，使他从猛虎似的秦国脱险回来。唉！孟尝君只是一个鸡叫、狗盗的头目罢了，怎么谈得上能得贤人呢？要不然，就凭齐国的富强，只要得到一个贤人，就应该可以南面称王，制伏秦国，哪里还用得着那些鸡叫、狗盗的小人物帮忙呢？鸡叫、狗盗的人物都待在他家里，所以真正的贤人便不肯来了。

【赏析】

这是一篇序跋类的古文，也就是读后感。

王安石在读了《史记·孟尝君列传》以后，有很深的感想，看出别人所看不出的问题，所以写了这篇文章。全文只有一百字左右，却能对孟尝君作一个新的评价。前半段说明孟尝君在一般人心目中的印象，后半段提出他自己的相反的看法，并说明理由。

学鸡叫，学狗盗，只是不太光明正大的小伎俩，怀有这种本领的人，绝对不能算是贤人。固然孟尝君家里养的客人中，也有像冯谖那样为孟尝君赢得人民爱戴的贤人，但是在王安石的心目中，真正的贤人是不屑跟鸡鸣狗盗之徒待在一起的，所以一般人对孟尝君称羡不已的事，其实正是他最大的弱点。

王安石常能以过人的智慧和眼光，看到一般人所看不到的问题或现象，而且能用洗练有力的文字表达出来，使人难以反驳。这篇短文就是一个很好的例子。

伤仲永

金溪①民方仲永，世隶耕②。仲永生五年，未尝识书具③，忽啼求之。父异焉，借旁近与之。即书诗四句，并自为其名。其诗以养父母、收族为意，传一乡秀才观之。自是指物作诗立就，其文理皆有可观者。邑人奇之，稍稍宾客其父，或以钱币乞之。父利其然也，日扳④仲永环谒（yè）⑤于邑人，不使学。

予闻之也久。明道⑥中，从先人还家，于舅家见之，十二三矣，令作诗，不能称前时之闻。

又七年，还自扬州⑦，复到舅家，问焉，曰："泯然⑧众人矣。"

王子曰：仲永之通悟⑨，受之天也。其⑩受之人也，贤于材人⑪远矣！卒之⑫为众人，则其受于人者不至也。彼其受之天也，如此其贤也；不受之人，且为众人；今夫不受之天，固众人，又不受之人，得为众人而已耶？

【注释】

① 金溪：现在的江西省金溪县。

② 世隶耕：世代做佃农耕田。

③ 书具：文具。

④ 扳：拉，牵……手。

⑤ 环谒：到处拜见。

⑥ 明道：宋仁宗年号，公元1032年到1033年。

⑦ 扬州：现在的江苏扬州市。

⑧ 泯然：茫茫然，平凡的样子。

⑨ 通悟：慧悟，悟性很高。

⑩ 其：如果。

⑪ 材人：才人，有才能的人。

⑫ 卒之：终于。

【译述】

金溪人方仲永，家里世世代代都是替人耕田的。仲永五岁的时候，还没有接触过文具，有一天忽然哭着要家人给他文具。父亲很惊讶，向邻居借来给他。他立刻写了四句诗，并且题了自己的名字。那首诗的内容，是说一个人应该奉养父母，爱护族人。当时父亲就把它传送给乡里的秀才们看。从此以后，只要指着一样东西叫他作诗，他马上就会写好，而且文辞、内容都不错。同乡的人很惊异，因此就比以前尊敬他的父亲，有时还宴请他，也有人出钱求他带儿子去表演。父亲觉得这样有钱可赚，就每天牵着他的手，到处去拜见同乡的人，而不教他读书。

我早就听说这件事了。仁宗明道年间，我跟随先父回家，在舅舅家里看到他，他已经十二三岁了，叫他作诗，写出来的作品配不上他以前的声名。

再过七年，我从扬州回来，又到舅舅家，问舅舅仲永这孩子现在怎么样了，舅舅说："唉，变得跟一般人一个样子了。"

189

王先生说：仲永的聪明过人，是一种特殊的天赋。假使后天再好好地学习，他一定比一般有才能的人还高明。但是他终于变得跟普通人一样，完全是因为他后天的学习不够。像他这样的天才儿童，本来那么聪明，后天不学习，还会变成普通人，那么那些没有天赋的人，本来就平平凡凡，再不好好学习，岂止成为一个普通人而已呢？

【赏析】

这是一篇记叙文，但是最后一段完全转为议论。

天才是什么？是良好的天赋和不断的努力配合在一起所形成的结晶。王安石借一个真实的人物，来说明所谓"天才儿童"的问题。这是一个教育问题，也是一个社会问题，所以王安石用《伤仲永》做篇名，便透露了他深自慨叹的心情。

全文分四段：

第一段介绍方仲永的家世和特殊表现，以及他的父亲、乡里间的人对他的态度。他们是把他当作摇钱树以及表演写诗的小丑。

第二段记王安石初见仲永的情形：他的诗已经比不上以前了。

第三段记七年后舅舅的话，说方仲永已经变得跟普通人一样了。

这三段好像由高而低的三个阶梯，越走越低，这也正好紧紧扣住了本文的主题：天才儿童的维护和教育是一件很不容易的事。

第四段一开始的"王子曰"是古人写文章的一种特殊方式，有点像《史记》上的"太史公曰"（不过也有人说那个"太史公"

是指司马迁的父亲的），其实就是"我说"或"我认为"，不过为了表示客观起见，才这样说。这一段纯粹是就仲永这个特别的人物做例子，来发挥作者对学习、对教育的重视，并且对读者充满了勉励的意思。

现代社会，像方仲永这样的天才儿童或天才少年，也常常会在某一个角落出现，有时则更受报纸、电视等的宣扬、传播，他们能不能避免变成大人的摇钱树或炫耀的工具？他们会不会甘心做社会上好奇人士眼底的小丑或"演员"？这是一个很大的问题，也是家长、老师、少年自己应该共同注意的事情。

好好接受正常的教育，不要受虚荣心的陷害，不要受周围环境的迷惑，一个少年才能好好成长。这样，哪怕你不是天才，也将会是社会上有用的人才。

《同学》一首别子固

　　江之南有贤人焉，字子固①，非今所谓贤人者，予慕而友之。淮之南有贤人焉，字正之②，非今所谓贤人者，予慕而友之。二贤人者，足未尝相过也，口未尝相语也，辞币③未尝相接也。其师若④友，岂尽同哉？予考其言行，其不相似者，何其少也？曰："学圣人而已矣。"学圣人，则其师若友，必学圣人者；圣人之言行，岂有二哉？其相似也适然⑤。

　　予在淮南，为正之道子固，正之不予疑也；还江南，为子固道正之，子固亦以为然。予又知所谓贤人者既相似，又相信不疑也。子固作《怀友》⑥一首遗（wèi）⑦予，其大略欲相扳⑧以至于中庸⑨而后已，正之盖亦常云尔。

　　夫安驱徐行，轥（lìn）中庸⑩之庭，而造于其室⑪，舍⑫二贤人者而谁哉？予昔非敢自必其有至也，亦愿从事于左右焉尔，辅而进之，其可也。噫，官有守，私有系，会合不可以常也，作《同学》一首⑬，别子固以相警，且相慰云。

【注释】

　　① 子固：曾巩字，曾巩的生平见前面一章。

　　② 正之：孙侔（móu），字少述，又字正之，王安石的朋友，吴兴人，孝顺母亲，作古文奇伟，终生不做官。

　　③ 辞币：文辞（文章）与币帛（礼物）。

④ 若：与。

⑤ 适然：当然。

⑥《怀友》：曾巩所作，赠给王安石的诗。

⑦ 遗：送给。

⑧ 扳：引援，引导。

⑨ 中庸：不偏不倚，恰到好处。

⑩ 辙：车子辗轧。

⑪ 造于其室：造，到。登堂入室的意思。

⑫ 舍：除了。

⑬《同学》一首：《同学》，诗篇名，是王安石送给曾巩的诗。

【译述】

长江南边有位贤人，字子固，不是现在一般人所说的贤人，我仰慕他，跟他交朋友。淮河南边有位贤人，字正之，也不是现在一般人所说的贤人，我爱慕他，跟他交朋友。他们两位贤人，从来没有交往过，彼此没说过话，也没有交换过文章礼物。他们的老师和朋友，难道会相同吗？我仔细体察过他们的言谈品行，不相同的地方，为什么那么少呢？有人说："不过是学圣人罢了。"学圣人！那么他们的老师朋友，也一定是学圣人的；圣人的言谈品行，难道会有两类吗？这样说来，他们那么相像，也是理所当然的喽。

我在淮南，跟正之说到子固，正之不怀疑我所说的；回到江

193

南，又跟子固谈到正之，子固也是这样子。因此我又知道贤人们的模样固然相似，又彼此信任，不起疑心。子固写了一首《怀友》诗送给我，大意是说：要大家互相引导，以达到中庸的境界。正之也常这么说。

安安稳稳向前走，踏进中庸的门庭，抵达它的堂上，眼前除了这两位贤人以外，还有谁呢？我以前自己不敢肯定自己能达到这种境界，也愿意跟随在他们左右，帮着他们前进就是了。唉，做官有职务，私交有牵挂，不可能经常会合在一起，于是我作了一首《同学》诗，告别子固，并且互相警惕，互相慰勉。

【赏析】

这其实是一封给好朋友的信，但是用赠序文的形式写出来。

文中除了具体说明他对曾巩、孙侔的爱慕之情外，更劝勉彼此努力，以达到中庸的境界。

因为大家都知道王安石的个性固执倔强，又有些怪脾气、怪习惯，像不喜欢洗澡、换衣服，等等，所以这篇文章里所说的就格外难能可贵。如果王安石真正能做到中庸，他也许不会在政治上遭遇到那么大的挫折，说不定他的新法也能成功呢。

全文共分三段：

第一段说作者和曾巩、孙侔彼此爱慕，气味相投，好像是非常自然的事情，想来想去，唯一的原因是"学圣人"，这就算得上是真正的人生同志了。

第二段说他们彼此信任不疑，而且互相勉励，同求中庸之道，这正是"学圣人"的具体表现。

第三段谦虚地说：曾、孙二位，都很有资格走上中庸的路，自己虽然差一点，也还可以追随二友去达成。在形迹上虽然不能常在一起，彼此的心灵却是相通的，所以再以本文表达互慰互勉的诚意。

这篇文章平和恳挚，不像王安石少年时代的作品。

游褒禅山记

褒禅山①亦谓之华山，唐浮图②慧褒③始舍于其址，而卒葬之，以故其后名之曰褒禅。今所谓慧空禅院④者，褒之庐冢⑤也。距其院东五里，所谓华阳洞者，以其乃华山之阳名之也。距洞百余步，有碑仆（fū）道⑥，其文漫灭⑦，独其文犹可识，曰花山⑧。今言"华"，如"华实"之"华"者，盖音谬也。其下平旷，有泉侧出，而记游者甚众，所谓前洞也。由山以上五六里，有穴窈（yǎo）然⑨，入之甚寒，问其深，则其好游者不能穷也，谓之后洞。

予与四人拥火⑩以入。入之愈深，其进愈难，而其见愈奇。有怠而欲出者，曰："不出，火且⑪尽。"遂与之俱出。

盖予所至，比好游者尚不能十一，然视其左右，来而记之者已少。盖其又深，则其至又加少矣。方其时，予之力尚足以入，火尚足以明也。既其出，则或咎（jiù）⑫其欲出者，而予亦悔其随之，而不得极乎游之乐也。

于是予有叹焉，古人之观于天地、山川、草木、虫鱼、鸟兽，往往有得，以求其思之深而无不在也。夫夷⑬以近，则游者众；险以远，则至者少。而世之奇伟瑰怪非常之观，常在于险远，而人之所罕至焉。故非有志者不能至也。有志矣，不随以止也，然力不足者，亦不能至也。有志与力，而又不随以怠，至于幽暗昏惑，而无物以相⑭之，亦不能至也。然力足以至焉，于人为可讥，而在己为有悔，尽吾志也，而不能至者，可以无悔矣。其孰能讥之乎？此予之所得也。

予于仆碑，又有悲夫古书之不存，后世之谬其传而莫能名者，何可胜道也哉？此所以学者不可以不深思而慎取之也。

四人者：庐陵[15]萧君圭君玉[16]，长乐[17]王回深父[18]，余弟安国平父[19]、安上纯父[20]。

【注释】

① 褒禅山：原名北山，又名华山，在安徽含山县北。

② 浮图：就是和尚，梵语佛陀的另外一种音译法。

③ 慧褒：唐代高僧的法号。

④ 慧空禅院：就是慧空寺。禅院，指禅宗（大乘佛教的一派）的寺院。

⑤ 庐冢：屋舍与坟墓。

⑥ 仆道：横倒、跌倒在地上。

⑦ 漫灭：因为风雨浸渍而磨灭。

⑧ 花山：就是华山。"花""华"二字在古代是相通的。

⑨ 窈然：深远的样子。

⑩ 拥火：拿着火把。

⑪ 且：就要。

⑫ 咎：归罪于。

⑬ 夷：平坦。

⑭ 相：辅导。

⑮庐陵：现在的江西吉安市。

⑯萧君圭君玉：君圭，字君玉，生平不详。

⑰长乐：现在的福建福州市长乐区。

⑱王回深父：王回，字深父，王安石的朋友，死于宋英宗治平二年，《临川集》里有《王深甫墓志铭》，《祭王深甫文》。"父"与"甫"字通用。

⑲安国平父：王安石的弟弟，安石兄弟一共七人，安石排行第三，安国第四。

⑳安上纯父：王安上，字纯父，王安石的小弟。

【译述】

褒禅山又叫华山，唐代和尚慧褒最先住在这儿，死后也葬在这儿，所以，后来就叫它褒禅山了。现在的慧空禅院，也就是以前慧褒的屋舍和坟墓所在地。距离禅院东边五里，有一个华阳洞，是因为位置在华山南边而得名。距离洞口一百来步，有一块碑横倒在路上，碑上的文字给风雨侵蚀，已经看不清楚了，只有"花山"两个字还能够认出来。现在人说"华"字，像"华实"的"华"，大概是读错了音。在洞的下面，平坦空旷，有一道泉水在旁边冒出来，记载自己游过这地方的人很多，大家称它为前洞。从山下上山五六里的地方，有个岩洞很深，进到洞里很冷，问它有多深，就是好游的人也没法子走到底，这就是后洞。

我和另外四个人，打着火把进去。进洞愈深，愈难前进，但所见到的愈奇怪。其中有人走累了想出来，便说："再不出来，火把要烧光了。"大家也就跟他一起出来了。

大概我所到达的，比起好游的人，还不及他们的十分之一，然而看左右两边，进到洞里来的人所做的记号已经少了。大致进去更深，到的人就更少。当时，我的力气还足够再深入，火把还足够照明用的。出来以后，便有人责怪先提议要出来的，我自己也后悔跟着他出来，因而不能尽兴游乐。

于是我不禁有所感慨，古人观察天地、山川、草木、虫鱼、鸟兽，往往自有心得，因为他的探求和思虑周到深刻。那平坦和近的地方，游客就多；危险和远的地方，到的人就少了。但是世界上奇怪、特别、不寻常的景致，常在危险和遥远的、人们很少到达的地方。所以不是有志气的不能到达。有了志气，就不随便跟人家停下来，可是力气不够的，也不能到达目的地。有了志向和力气，又不随着人家懈怠下来，到了幽暗看不清的地方，如果没有其他工具来帮助他，也是无能为力的。但是力气足够到达而不到那儿的，便会受人讥笑，他自己也会后悔。尽了我的心力，却不能到达的，心里可以不感觉懊悔了，又有谁会去讥笑他呢？这是我的一点小小的心得。

我在横倒的碑前，悲伤古书不能好好保存，后代的传闻有错误，不能说出真正的名称，像这种情形，真不知有多少呢！这就是为什么读书人不能不深加思虑，并审慎抉择的道理了。

和我同游的四个人是：卢陵人萧君圭君玉，长乐人王回深父，我的四弟安国平父和小弟安上纯父。

【赏析】

这是一篇游记。

王安石在宋仁宗至和元年（1054）七月所作，那时他三十四岁。

这篇作品跟一般的游记不太一样，不着重写景，也不偏于写名胜古迹、风土人情，而着重发挥个人的感慨，也可以说借游览岩洞的各种情况，来抒写自己对做事、治学的人生观。

全文共分六段：

第一段介绍褒禅山的别名、地理位置、历史渊源、大概的景象，以及前洞、后洞的分别，把山的景物集中浓缩地交代了。

第二段写作者和四位亲友同游山洞的情形，也非常简洁朴实，多用短句。

第三段是检讨他们进洞不够深，虽然比下有余，总嫌比上不足。拈出一个"悔"字，作为全文主题的一部分。人类真可以说是一种善于后悔的动物。

第四段由这次探游山洞的经验出发，引申出作者对人生许多问题的感想：一分耕耘，一分收获；尽人事，听天命；追求更高更美的境界，必须有足够的志气以及充分的体力和实力，还要有辅助的工具——像火把等，否则不免半途而废。游山是这样，做事、做学问也是这样。

第五段是写次要的一个主题：有的古书已经失传，对于许多名胜古迹，我们已经没法了解了，所以，读书人更有责任要深思力学，来尽量多知道一些，同时还要懂得判断，不要受错误传说的迷惑。

第六段补充说明跟作者同游山洞的另外四个人——他们的籍贯、姓名和字号，使全文更显得完整。

这篇游记借题发挥的作法，跟柳宗元的《永州八记》有点近似，但是写景的成分比《永州八记》少得多。

第七章　苏轼文选

苏轼生于宋仁宗景祐三年（1036），卒于徽宗建中靖国元年（1101）七月二十八日，跟欧阳修、王安石一样，也活了六十六岁（实足六十五岁）。

他是苏洵的长子，字子瞻，又字和仲，自号东坡居士，眉山（现在的四川眉山市）人。苏洵娶大理寺丞（相当于最高人民法院院长）程文应的女儿，程夫人最初生了一个儿子叫景先，很小就夭折了，苏洵很想再生一个，便向张仙画像祈祷了七年，才算又生下了苏轼，因为母乳不够，由奶妈任氏喂养长大。

由于苏洵到京都去游学，苏轼一直到八岁才开始好好读书。先由母亲教他，后来因为程氏深信道教，又命令他拜天庆观道士张易简做老师。十岁时母亲教他《后汉书》，读到《范滂传》，感慨很深，不知不觉地就叹息起来，苏轼忽然对母亲说：

"做儿子的如果也像范滂，母亲高兴不高兴？"

程氏说：

"你如果真能像范滂一样，我难道不能像范滂的母亲一样吗？"

范滂是东汉一位有气节有大志的人物，最后为国家的事被宦官害死，可说是慷慨成仁，他的母亲也能以儿子的殉难为荣。

程氏本来是书香门第出身，从小耳濡目染，品德、学识都相当好，所以苏轼很幸运，一直受着很好的家教，再加上他天性聪颖，进步很快。

仁宗嘉祐二年，苏轼才二十一岁，到京都去考进士，正碰上考官欧阳修有心提倡古文，挽救当时文坛浮华不切实的流弊，他读到了苏轼的《刑赏忠厚之至论》，十分惊讶，以为是自己的学生曾巩的作品，本来想取第一名的，考虑很久，终于取了第二，复以苏轼的《春秋》对义居第一，殿试（皇帝亲自口试）中了乙科。欧阳修当时对人说：

"读苏轼的文章，不知不觉汗都流出来了！痛快，痛快！我要避开他，让他出人头地。"

东坡在赴京考试以前，已经在家乡结了婚，妻子王弗，是本乡贡进士王方的女儿，知书识礼，能诗能文，年纪才十六岁，跟东坡真是郎才女貌的一对，可惜红颜薄命，后来生下儿子苏迈，二十七岁就死了。

苏轼的母亲程氏，在嘉祐二年四月生病去世，刚好苏家父子三个都在京都，苏轼的妻子王氏才十八岁，苏辙的妻子只有十六岁，家里突然遇到这么大的变故，她们怎么应付得了？苏轼在京都听到了这个坏消息，就赶紧回乡料理亡母的丧事。

东坡从嘉祐二年回家奔丧，并料理了一些家务，一直到嘉祐四年才离开四川再去京城；路上妻子生儿子，行程格外困难。嘉祐五年二月十五日才到达京师，暂时住在西冈，一家人的生活也相当艰苦，不久命令下来了，派他做河南福昌县主簿（相当于主任秘书），他没有去上任。

嘉祐六年再应试，考制策，列为三等，在当时是非常难得的，因为从宋初以来，考制策得三等的，只有吴育和他两个人。接着奉命担任陕西凤翔府签判（相当于副知府），苏轼就带了妻儿去上任，知府宋选对他非常器重，好友胡允文又正好在做凤翔县令（凤翔县是凤翔府的府治所在），所以薪水虽然不多，精神上倒很愉快。他在公廨北面空地上筑了一座小园，当中有亭台楼榭，长窗曲栏，廊前凿了一个莲花池，种莲养鱼，生活在其中，也很有趣味。

他在凤翔府判官任内，很久不下雨，旱灾的情形很严重，曾经奉上级的命令到太白山上清宫求雨，后来果然下雨了，所以就在扶风官舍北边筑了一个亭子，名叫喜雨亭。英宗继位以后，韩琦做了山陵使，他表面上爱护苏轼，其实有点妒忌苏轼的才华，所以苏轼办事格外小心。为了应付山陵的需要，他编了不少木筏、竹筏，想从渭水东下，可是水太浅了，载着木筏，便停滞住了，他非常着急，花了五个月的时间，才算设法运出，又碰上西夏入侵，边境上的老百姓非常恐慌，他日夜奔驰，供应军粮民食，十分辛苦。

治平元年，英宗又听了韩琦的建议，征调陕西各地民丁编成义勇军，苏轼又奉命到各县去提举筹措，办得很有成绩，因而给英宗知道了要想奖励他，想召苏轼到翰林院来做知制诰，韩琦说："我们大宋从来没有这种先例。"英宗也就作罢了。

这时，苏轼的家庭也发生了很大的不幸事件：他敬爱的妻子死了，只活了二十七岁，他的心情很坏；不到一年，父亲也亡故了，更增加了精神上的痛苦。治平五年，续娶王氏的堂妹润之，熙宁三年生下次子苏迨，不幸从小就患了小儿麻痹症，到四岁的时候，忽然没有吃药就好了。他跟续弦的感情也因此增进不少。东坡又曾娶一位姨太太王朝云，朝云信佛教，很虔诚，对他又敬又爱，朝云死后东坡非常伤心。

以后五年里，苏轼曾先后调到密州（现在的山东诸城市）、徐州（现在的江苏徐州市）、湖州（现在的浙江湖州市），因为他才气纵横，又有爱国爱民的抱负，时常写文章批评朝廷的政治措施，尤其对王安石的新政表示不满。熙宁二年，他写了一篇几千字的《上神宗皇帝书》，对新政抨击得很厉害，王安石读了，气得不得了。熙宁四年，他被调到杭州做知州，不料几乎遭了杀身的大祸。

元丰二年，御史（相当于检察官）何正臣、李定、舒亶，因为原来跟他有点嫌隙，又想讨好王安石，举出苏轼的《杭州纪事诗》做证据，说他"玩弄朝廷，讥嘲国家大事"，请皇上下令司法官员判他的罪。不久苏轼便被捕入狱，这就是有名的"乌台诗案"。乌台就是御史台，是御史们上班的地方。

李定他们用心恶毒，从苏轼的诗里一句两句地挖出来，甚至断章取义地加给他很大的罪名，譬如"读书万卷不读律，致君尧舜知无术"，本来是说自己没有把法律一类的书读通，所以没法子帮助皇帝成为像尧、舜那样的圣人，他们却指他是讽刺皇帝没能以法律教导、监督官吏；"东海若知明主意，应教斥卤变桑田"，说他是指责兴修水利的措施不对，其实东坡自己在杭州也兴修水利工程；又如"岂是闻《韶》解忘味，迩来三月食无盐"，说他是讽刺禁止人民卖盐。总结一句话，是认为他胆敢讥讽皇上和宰相，罪大恶极，应该处死刑。他在湖州（现在的浙江湖州市吴兴区）被捉的时候，差役居然用绳子捆绑他，坐牢的时候又遭毒打，好像他是土匪强盗似的。杭州、湖州的老百姓因为他是难得的好官，听到这个消息，很多人都痛哭失声，还一连好几个月为他作解厄道场，请道士和尚替他念经念咒，保佑他平安无事。

这个案子真是轰动一时，幸亏以太子少师（太子的老师）身份退休的张方平和以吏部侍郎身份退休的范镇，替他上疏挽救，才把情势和缓下来。神宗本来也爱他的才学，又看到他写给弟弟苏辙的遗诗（死前留给亲友的诗）里，有这样两句：

梦绕云山心似鹿，
魂惊汤火命如鸡。

想到这样一位人杰，居然把自己比作小鹿和小鸡，不禁动了慈悲心，便下令赦免东坡的死罪。刚好又遇上皇太后生了病，下懿旨减免天下罪人的刑，冯宗道复审又对东坡有利，所以总算保住了性命。赦罪后五天，皇太后便亡故了，苏轼还做了挽词二章，以表示对她的感激。

苏轼这一场大灾祸，足足受了一百多天的折磨，对他的刺激自然很大，他对人生也有了更深的领悟，从此为人更为放旷通达。

元丰三年，他被贬到黄州（现在的湖北黄冈市），生活困苦，衣食不足，住的地方也成问题，只好借住在一座庙里，但是没有薪水，一家如何生活？幸好朋友为他请愿，领了十多亩荒田，自耕自食，一下子变成一个亲自播种、收割的农夫了。他在垦田的东坡上，盖了一座简陋的房屋，自己称自己为东坡居士。"居士"是佛教称在家修行的人的特别名词，但是宋朝的文人即使不信佛，也喜欢用这两个字作号。

苏轼在黄州，除了每天挑水种菜以外，有空就遨游附近的山水，喝点儿酒，赏花听鸟，或写些诗词文章酬答各地的朋友，生活倒也苦中有乐。许多杰作都是这一个时期写成的，像《安国寺寻春诗》《念奴娇——赤壁怀古》《水调歌头——中秋词》《前赤壁赋》《后赤壁赋》等，都是脍炙人口的作品。传说神宗读到《水调歌头》里的句子："我欲乘风归去，又恐琼楼玉宇，高处不胜寒。"非常感动，认为他虽流放在远处，仍旧没有忘记国君，所以有意把他召回，修撰国史，不过宰相王珪反对，就又作罢了。

苏轼在黄州写了另外一首《念奴娇》，当中有"今夕不知何夕。便欲乘风，翩然归去，何用骑鹏翼。水晶宫里，一声吹断横笛"。这阕词流传出来，大家都认为东坡已经死了，这是绝命词，神宗也有点相信了，于是特地问蒲宗孟，宗孟回答道：

"最近外头是有这种传说，可是始终没能证实。"

神宗正在吃饭，不禁长叹一声道：

"像苏轼这样的人才，多少年才能有一个啊！"

心里很不舒服，就此搁下筷子，不再进食。

那个时候，苏轼正生眼病，又长了恶疮，身体很坏，幸而不久痊愈，但是精神还没有复原，一时闭门谢客，专心休养。神宗知道了确实的消息，心里好像卸下了一块大石头。

元丰七年，神宗下令苏轼离开黄州，改授汝州（现在的河南汝南县）团练副使（相当于警察局副局长），苏轼上表谢恩，准备上任。

东坡在黄州五年，用钱非常节省，自己规定一家每天不超过一百五十钱。尽管如此，他的一点储蓄还是贴光了。起程时预定先游庐山（在现在的江西庐山市星子镇西北），后到筠州（现在的江西高安市），跟久别的弟弟见一次面，但是路费已经不太充裕，幸而庐山寺和尚对他很欢迎，使他非常欣慰。

苏轼一家到达金陵（现在的江苏南京）以后，因为旅途劳累，全家都病倒了。朝云所生的小儿子遁也不幸夭折了，东坡心里伤痛得很。

在金陵的时候，他跟他以前的政敌王安石交谈得很投机。当他看到王安石骑着驴子到江边来跟他见面，心里十分喜悦，也不顾衣冠的整齐，很快地迎上前去，一面嘴里说：

"苏轼今天穿了普通的衣服来拜见大丞相！"

王安石也很兴奋，嚷嚷道：

"哎哟，礼仪哪里是为我们而制定的。"

以后，一连几天，两个人聊得很痛快。东坡仍不讳言，亲切地责备安石不该连年在西方用兵，又在东南造成大刑狱，违背祖宗仁厚的作风。这个时候，王安石已经历尽沧桑，胸襟也开朗多了，不但不见怪，反而对别人说：

"真不晓得再过几百年，才能出现东坡这样的人物！"

苏轼在金陵小住后，继续北上，这时天寒地冻，到达泗州（现在的安徽泗县）已经是元丰八年正月初一，全家都疲累不堪，眼看不得不休歇一阵子，于是只好上表给神宗，请求准许他就地休息。神宗照准了。

不久神宗驾崩，哲宗即位，皇太后高氏听政（代皇帝办理国事），司马光重新拜了宰相，对苏轼特别重视，命他改任登州（现在的山东蓬莱市）知州，接着又改任起居舍人。元祐元年升翰林学士，知制诰，侍读，龙图阁学士，苏轼很诚恳地推辞，没有成功，只好上京去就职。其实这时东坡对做官已经没有什么兴趣了。

苏轼入京以后，发现实施十几年的新政，有一部分已经有相当的成果，司马光上台以后，不分青红皂白完全废止，他有点不以为然。东坡本来也是反对新政的健将之一，但是他的主张和言行，可以说是对事不对人，现在他和王安石有了进一步的交情，对新政也有了比较真切的了解，他的态度自然有所改变。他认为新政中的免役法尤其出色，可以获得百世的利益，力劝司马光维持采用，司马光坚持不肯，他一气之下，竟指责司马光是"司马牛"，比喻他固执而不通达。他又指陈恢复差役法有扰民的现象，这样一来，保守派的人便说他是王安石的新党了。可是新党也并不把他当作自己人，所以东坡便成为夹缝里的人物，弄得两面都不讨好了。

那时在学术上也分三大派：蜀党以苏轼为领袖，浙党以程颐为领袖，刘挚是朔党的首领，彼此争论，很少安宁的日子。程颐是一位十分严肃的理学家，对苏轼的洒落豁达向来没有好感，竟指责他是放荡的无赖，苏轼也认为程颐过分空谈性理，不近人情。司马光的部下朱光达又不断地诬害他，使他的日子更不好过，于是不得不请求外调。

元祐四年三月，他以龙图阁学士的身份出京再作杭州知州，这时他已经五十四岁，左臂麻木，眼病复发，能去杭州做地方官，也就算是值得庆幸的事了。

元祐四年七月，他正式到杭州上任，杭州原来是他旧日做官的地方，离开杭州十五年，现在重游旧地，眼看他辛苦开辟的西湖，满眼都是蒿草，荒芜了一大半，而且湖水几乎完全干涸，真是感慨万千。于是决心大力恢复西湖的旧观，上疏请求疏浚湖水，并且列举西湖不可荒废的五大理由，最重要的当然是它的灌溉价值。

为了一劳永逸，他采取运用人力代替救济的办法，让灾民们担任这一项工作，不但发米钱，而且注意民工的医药救恤，并革除经办人员的中饱和骚扰人民的积弊。关于湖上水闸的开关，水面放租种植菱藕以及经费的收支保管，都有妥善周密的安排，使人钦佩。又取葑田在湖中堆积成苏堤，长八百八十丈；湖中有深潭三处，则建立三座石塔，这就是有名的"三潭映月"。

这次苏轼在杭州两年，为人民兴建不少有益的事业，老百姓感激爱戴，真是把他当作父母一样。元祐六年，苏轼奉命回京，升任吏部尚书，人还没到，朝廷又因为他弟弟苏辙做了尚书右丞，就改任他为翰林承旨，但是反对派仍不肯放过他，不断在哲宗面前进谗打击他，他只有再请求外调。

不久，哲宗便命令他以龙图阁学士的身份去做颍州（现在的安徽阜阳市）知州。元祐七年，又调为扬州知州，这时东坡已饱尝人世辛酸，白发满头，酒量也日渐增加，不过他心胸开朗，能够逆来顺受，摆脱烦恼，尽量维持闲适的心境。

元祐七年秋天，忽然又奉诏回朝升任礼部尚书（相当于教育部部长），八年九月再外放，去做定州（现在的河北定州市）知州，绍圣初年又贬到英州（现在的广东英德市）去，接着贬成宁远军节度副使，到广东惠州（现在的广东惠州市）去上任。这时候，他对政治更为消极，诗里有"但愿饱杭稌（gēng tú）"（只要能吃饱肚子！）的句子。

不料祸上加祸，他的政敌始终不肯放松他，三年以后他已经是六十二岁的老先生了，居然又有人怂恿皇帝把他贬到琼州（在现在的海南省）别驾。

海南岛如今已经是知名的度假胜地，但在宋朝那时候，可真是一片蛮荒世界，皇帝的命令又不能违抗，苏轼只好把家眷留在惠州，绍圣四年二月，带了三子苏过渡过风浪险恶的琼州海峡，到了儋耳昌化（现在海南岛的昌江县东南），先租了一间房屋歇脚，哪知小人仍步步逼迫，派官差把他们父子赶走，他们只好在一座寺庙旁的荒地上搭一所茅屋暂住，吃不到肉，生了病也没有医药，冬天没有炭，夏天没有冷泉，题他的茅屋叫"桄榔庵"，父子俩每天出去采野生番薯，跟米饭配合着吃，并且用木头自制履板当鞋子。在这种生活中，东坡仍自得其乐，读读陶诗和柳宗元诗（他只带了这两本书出来），写写诗文，过了四年。

徽宗即位，大赦天下，苏轼也奉旨北归，先调到廉州（现在的广东合浦县），又改调舒州（现在的安徽怀宁县）节度副使，并准许他居住在永州（现在的湖南永州市），到了英州，又来了一道新命令，叫他做朝奉郎，于是又向北回京，到常州（现在的江苏常州市），停下休息几天，他便一病不起了。孝宗时追谥"文忠"，赠太师，埋葬在汝州郏城（现在的河南郏县）。

苏轼有诗四千多首，词赋三百多阕，散文三百多篇。诗的题材广，才气高，偶然有过于奔放直率、不够含蓄的毛病。词更深刻隽永。古文豪放，但是自有法度，往往波澜起伏，变化莫测，读来爽神。受《庄子》的影响很大，议论也很精彩独特。

著有《东坡全集》《东坡易传》《东坡书传》《东坡志林》等。

留侯论

古之所谓豪杰之士者，必有过人之节①。人情有所不能忍者，匹夫见辱，拔剑而起，挺身而斗，此不足为勇也。天下有大勇者，卒（cù）然②临③之而不惊，无故加之而不怒。此其所挟持者甚大，而其志甚远也。

夫子房④受书于圯（yí）上之老人⑤也，其事甚怪；然亦安知其非秦之世，有隐君子⑥者，出而试之。观其所以微见其意者，皆圣贤相与警戒之义，而世不察，以为鬼物，亦已过矣。且其意不在书。

当韩之亡⑦，秦之方盛也，以刀锯鼎镬（huò）⑧待天下之士。其平居无罪夷灭⑨者，不可胜数。虽有贲（bēn）、育⑩，无所复施。夫持法太急者，其锋不可犯；而其势未可乘。子房不忍忿忿⑪之心，以匹夫之力，而逞于一击⑫之间。当此之时，子房之不死者，其间不能容发⑬，盖亦已危矣！千金之子，不死于盗贼。何者？其身之可爱，而盗贼之不足以死也。子房以盖世之才，不为伊尹⑭、太公⑮之谋，而特出于荆轲、聂政⑯之计，以侥幸于不死，此圯上之老人所为深惜者也。是故倨傲鲜腆（tiǎn）⑰而深折之。彼其能有所忍也，然后可以就大事，故曰："孺子⑱可教也。"

楚庄王⑲伐郑，郑伯⑳肉袒牵羊㉑以逆㉒；庄王曰："其君能下人，必能信用其民矣。"遂舍之。勾践之困于会稽㉓，而归臣妾于吴者，三年而不倦。且夫有报人之志，而不能下人者，是匹夫之刚也。夫老人者，以为子房才有余，而忧其度量之不足，故深折其少年刚锐之气，使之忍小忿而就大谋。何则？非有平生之素㉔，卒然相遇于草莽之间，而命以仆妾之役㉕，油然而不怪者，此固秦皇之所不能惊㉖，而项籍之所不能怒㉗也。

观夫高祖㉘之所以胜，而项籍之所以败者，在能忍与不能忍之间而已矣。项籍唯不能忍，是以百战百胜而轻用其锋，高祖忍之，养其全锋而待其弊㉙，此子房教之也。当淮阴破齐㉚而欲自王，高祖发怒，见于词色。由此观之，犹有刚强不能忍之气，非子房其谁全之？

太史公㉛疑子房以为魁梧㉜奇伟，而其状貌乃如妇人女子，不称其志气。呜呼！此其所以为子房欤！

【注释】

① 节：操守，修养。

② 卒然：卒，通"猝"。忽然，突然。

③ 临：面对，遇到。

④ 子房：张良的号。他是汉高祖的大功臣，后来封为留侯。

⑤ 圯上之老人：《史记》所说的圯上老人，就是山东北部谷城山下的黄石公。下邳人称桥为圯。张良雇人用铁锥攻击秦始皇没中以后，逃到下邳（现在的江苏邳县东），在桥上碰见一位老先生，前后三次故意把鞋子丢到桥下去，子房一连三次帮他捡起来，替他穿上。老先生说："这个孩子可造就。"就交给他一本

214

书，告诉他："读了这本书，就可以做帝王的老师了。"说完就走开了，以后再也没见面。

⑥ 隐君子：隐士。

⑦ 韩之亡：韩，韩虔的后代，战国七雄中的一国。秦始皇十七年（前230），秦国灭亡韩国。

⑧ 刀锯鼎镬：古代四种刑具。刀锯用来杀人，鼎镬用来烹煮人。

⑨ 夷灭：杀光，指灭族——杀光全家族的人。

⑩ 贲、育：贲，指孟贲育，指夏育。他们是古代的两位大力士。

⑪ 忿忿：愤怒的样子。

⑫ 逞于一击：为了一时痛快而做某件事。一击，指张良为给韩国报仇，召请大力士用大铁锥在博浪沙（现在的河南原阳东南）突击秦始皇。

⑬ 其间不能容发：那当儿一根头发都容不下，意思是说非常紧急、危险。

⑭ 伊尹：名挚，辅佐商汤讨伐夏桀，后来成为商朝的贤相。

⑮ 太公：指姜太公，姓吕名尚，字子牙。周文王重用他，后来武王伐商纣，曾立大功，是周朝的贤相，最后封在齐国。

⑯ 荆轲、聂政：战国时两位刺客。《史记·刺客列传》都有记载。

⑰ 倨傲：自大傲慢。鲜腆：少善，没有礼貌。

⑱ 孺子：幼童，小孩。

⑲ 楚庄王：春秋五霸之一。周定王十年（前597）伐郑国。

⑳ 郑伯：指郑襄公。

㉑ 肉袒牵羊：露出上身，表示请罪（道歉），牵羊劳军。

㉒ 以逆：而迎接。

㉓ 勾践之困于会稽：越王勾践，在周敬王二十六年（前494）受吴王夫差的讨伐，退守会稽（现在的浙江绍兴东南十二里），忍辱求和。

㉔ 素：交情。

㉕ 仆妾之役：指捡鞋和帮黄石公穿鞋的事。仆，男佣。妾，女佣。役，劳役。

㉖ 秦皇之所不能惊：是指张良辅佐刘邦攻秦，避免攻打坚固的城池。等到军队到了咸阳，秦王子婴便慌忙投降。

㉗ 项籍之所不能怒：项籍，项羽的本名，自立为西楚霸王。楚霸王因为疏忽防备汉军，刘邦才能利用好机会平定关中，打下咸阳。

㉘ 高祖：刘邦，汉朝的开国帝王。

㉙ 弊：疲劳到极点。

㉚ 淮阴破齐：淮阴侯韩信连破齐国七十多城，派人告诉汉王刘邦，请刘邦准许他做齐国的假王，以便镇守齐国，刘邦大怒，张良轻轻踩一下刘邦的脚，悄悄地说："我们汉军打仗正不顺利，怎么能禁止韩信自己称王呢？"刘邦立刻觉悟了，干脆大方一点，顺水推舟，封韩信为齐王。

㉛ 太史公：就是司马迁，他是汉朝的太史令（掌管国家历史的官，相当于国史馆馆长）。

㉜魁梧：强壮高大。

【译述】

古人所说的豪杰，一定有超越平常人的修养。平常人在情感上有不能忍耐的事，譬如一个人受了侮辱，拔出剑一跳跳起来，挺身出来跟人打架，这不能算是真勇敢。天下有一种大勇的人，突然遇到意外的事故而不会惊慌，无故害他也不会生气。这是由于他的志向很大，抱负很高的缘故。

子房曾接受桥上老人的兵书，这件事说起来很奇怪，可是我们又怎么能知道不是秦朝的时候，有位隐居的高士，特地出头来试试张良呢？看他稍稍启示子房的道理，都是圣贤相互警惕的精义；而世俗的人不明白，以为他是鬼怪，这就太离谱了。何况他的用心，显然不只在那一部兵书上面。

当韩国灭亡的时候，秦国正强盛，秦国用刀锯、鼎镬这些残酷的刑具来对付天下的人。那些从来没犯罪的人，也遭到灭门的惨祸，这种情形，多得数都数不清楚。哪怕有孟贲、夏育的本领，也施展不出来。执法严厉的国家，它的锋芒是没法触犯的，但是它的背后却往往有机可乘。可是子房一时按捺不住他愤恨的心情，想用一个人的力量，痛快地在博浪沙以铁锥突击秦始皇；那个时候，子房真是陷入了生死边缘，差点白送了性命。富家的孩子，不肯死在盗贼的手下，为什么呢？因为他的生命可贵，不值得为省几个钱而给强盗杀死。子房怀着最杰出的才能，不设伊尹、太

217

公的计谋，却使出荆轲、聂政刺客的方法，因为侥幸，才没有送命，这是桥头老人十分惋惜的。所以他用傲慢无礼的态度来折腾他，使他能够学习忍耐，将来才能完成大事。所以老人当时说："这个孩子可以造就。"

楚庄王讨伐郑国的时候，郑襄公赤着膊、牵着羊去道歉。庄王说："这个国君能够委屈自己，谦恭地对人，一定能得到他的百姓的信任。"于是赦免了他。勾践被吴军围困在会稽山上，暂时向吴国投降，三年中间一点懈怠的神色都不露出来。要是有报仇的志向，却不能委屈自己，恭敬地事奉别人，只能算是普通人的刚强。那位桥上的老先生，认为子房的才能很了不起，只怕他的度量不够，所以才着实地压一压他少年刚强的气焰，使他忍住小的气愤而完成大事。这话怎么说呢？因为不是平常有交情，突然在路上遇见，而要他做用人的事，他居然毫不在意，完全不见怪，这就是连秦皇也不能使他惊吓、项羽也不能让他发怒的涵养了。

试看汉高祖之所以能得到最后的胜利，项羽之所以失败，完全在于能忍耐和不能忍耐的差别。只因为项羽不能忍耐，所以打了那么多胜仗，而随便滥用他的锋锐；汉高祖一再忍耐，培养他的全部实力而等待项羽军队的疲困，这是子房教给他的。当韩信灭了齐国而想自己当齐王的时候，汉高祖大怒，明白地表现在言词和脸色上。从这件事情来看，高祖还有刚强而不能忍耐的气焰，要不是子房在身边，谁能成全他呢？

太史公认为张良一定长得高大强壮，可是他的容貌却像女人，跟他的志气并不相称。唉！这正是子房特别的地方！

【赏析】

　　这是一篇以历史人物为对象的议论文，也可以称它为"史论"或"史评"。

　　根据《史记·留侯世家》（凡是诸侯或大臣的传记，《史记》里都用"世家"的体裁）里的记载，张良一生，真可以说是多彩多姿：他的祖先是韩国的贵族，韩国被秦国灭亡以后，他决心为祖国报仇，先雇请了一位有名的大力士，在博浪沙突击秦始皇，结果铁锥扔错了车子，没有成功。后来他辅佐汉王刘邦，历尽艰难，终于消灭秦朝，打败楚霸王，成了汉朝的开国元勋。但是一般人好奇心很重，喜欢神奇的故事，所以多半把张良后来的成就归功于当年桥头老人授他兵书这件事上，甚至把它改编为神话。苏轼是一个头脑清楚、眼光远大的政治家，所以特地写这篇《留侯论》，以"忍"做重心，来说明一个政治或军事上的英雄人物，一定有他内在的条件，特殊的涵养，尤其在乱世，更是不简单。黄石公给他的那本书，不管是兵书，还是"天书"，重要性远不如一个恒久的"忍"字。以一个字做重心写成一篇好文章，我们在前面已经读过的有欧阳修的《泷冈阡表》——那是以"待"字做核心的。

　　其实一位英雄豪杰，成功的条件很多，绝对不只限于一个"忍"字，譬如张良的智慧、眼光、勇气等，也都是很不寻常的，但是若没有忍耐，那些条件恐怕都嫌不够，不足以帮助刘邦成功，所以苏轼特别选择一般人容易忽略的这个美德，来加以发挥，既免于人云亦云，又能真正地给读者一些有益的启示。

说到他的安排，也是别具匠心：他拿圯上老人、郑伯、勾践、高祖、项羽五个人物来烘托，陪衬张良：圯上老人是折腾张良的人，其实也是他精神上的导师；郑伯、勾践是历史上最能忍耐的国君，卧薪尝胆，都是忍耐功夫的具体表现；刘邦也能忍，但他的忍耐功夫，本来火候还不到家，是张良辅助了他、启导了他，使他更进一层；项羽是一个急躁而不能忍的人，正好做反面的例子。换句话说，这五个人，跟本文主题的关系是：四个是正面的——一老师，二古人，一君主（但张良实际上是高祖的老师，高祖等于是张良的学生），一个是反面的，项羽是张良的敌人，而且是失败的敌人。

这样的布局，真是既巧妙又有力，使读者不能不相信作者的看法。等于作者带领你从四个不同的角度来观赏一片风景，使你对它获得最深刻的印象一样。

全文可分六段：

第一段开门见山，说出主题：豪杰一定有特别的修养，其中最重要的一项，就是"忍"——其实这个"忍"字，包括了镇静的功夫，也暗示当事人有不平凡的志向，所以也可以说它就是"大勇"。苏轼一生，在政治上历尽风波，所以这个"忍"字，也很可能是从自己的生命历程中领悟出来的。

第二段强调张良遇见圯上老人，不是神话，是有心人对张良的一次机会教育——教他忍，教他圣贤的道理，教他成功的道理。

第三段再深一层探讨张良人格的成长：由冒险冲动行刺秦皇，到后来成熟镇定地辅佐汉王，这当中实在包含了很深的修养功夫，而圯上老人很可能是张良转变的一大关键。

第四段由郑伯、勾践的历史说起，再度驳斥"匹夫之刚"，然后重新回到圯上老人和张良的主题上，巧妙地点明"忍"其实就是一种度量胸襟。

第五段指出刘邦本来的修养还不够，是成熟的张良教导了他。

第六段由司马迁《史记》上所记他对张良的猜想错误，引出一个惊人的结论：英雄豪杰，不一定志气外露，更不一定有魁伟的外形。像张良，便是一个深藏不露的第一等豪杰，而绝不是随时随地拔剑而起的匹夫。

喜雨亭记

亭以雨名，志^①喜也。

古者有喜，则以名物，示不忘也。周公得禾以名其书^②，汉武得鼎以名其年^③，叔孙胜狄以名其子^④。其喜之大小不齐，以示不忘一也。

予至扶风^⑤之明年，始治官舍。为亭于堂之北，而凿池其南，引流种木，以为休息之所。是岁之春，雨麦^⑥于岐山之阳^⑦，其占为有年^⑧。既而弥月不雨，民方以为忧；越三月，乙卯乃雨，甲子又雨，民以为未足；丁卯^⑨大雨，三日乃止。官吏相与庆于庭，商贾相与歌于市，农夫相与忭（biàn）^⑩于野；忧者以喜，病者以愈，而吾亭适成。

于是举酒于亭上，以属（zhǔ）客^⑪而告之，曰："五日不雨可乎？"曰："五日不雨，则无麦。""十日不雨可乎？"曰："十日不雨，则无禾。""无麦无禾，岁且荐饥^⑫。狱讼繁兴，而盗贼滋炽；则吾与二三子，虽欲优游^⑬以乐于此亭，其可得耶？今天不遗斯民，始旱而赐之以雨，使吾与二三子，得相与优游而乐于亭者，皆雨之赐也，其又可忘耶？"

既以名亭，又从而歌之歌^⑭，曰："使天而雨珠，寒者不得以为襦（rú）^⑮；使天而雨玉，饥者不得以为粟。一雨三日，繄（yī）^⑯谁之力？民曰太守，太守不有；归之天子，天子曰不然；归之造物，造物不自以为功；归之太空^⑰，太空冥冥；不可得而名，吾以名吾亭。"

【注释】

① 志：记。在这儿转为纪念的意思。

② 周公得禾以名其书：唐叔得到一棵稻禾，异穗同颖（禾尖），献给成王，成王又送给周公，周公就作《嘉禾》来纪念它。

③ 汉武得鼎以名其年：汉武帝元狩六年在汾水上得到一座宝鼎，武帝很高兴，就改年号为元鼎。

④ 叔孙胜狄以名其子：鲁文公十一年，叔孙得臣（得臣是叔孙的名字）捉住长狄人侨如，就为儿子取名为"侨如"。

⑤ 扶风：古代的郡名，宋朝已经改名为凤翔府，不过作者仍用古名来称呼它。现在陕西关中道西部一带。

⑥ 雨麦：雨，当动词用，落的意思。雨麦，有麦子落下。

⑦ 岐山之阳：岐山，现在陕西省岐山县东北，靠近凤翔。阳，山南。

⑧ 有年：丰年。

⑨ 丁卯：跟前面的"乙卯""甲子"都是干支计日。

⑩ 忭：拍手，欢喜的意思。

⑪ 属客：斟酒劝客。

⑫ 荐饥：连年稻麦不熟。

⑬ 优游：愉快的游玩，自由自在地。

⑭ 歌之歌：唱它的歌。

⑮ 襦：上衣。这里泛指衣服。

223

⑯ 繄：是。

⑰ 太空：天空。

【译述】

亭子取名作"雨"，是纪念可喜的事。

古人遇到可喜的事情，就用它来称呼人或事物，表示永远不忘。周公得到特别的稻禾，就拿"嘉禾"来称呼他所写的文章，汉武帝得到一座宝鼎，就改年号为"元鼎"，叔孙战胜长狄国的侨如，就拿"侨如"称呼他的儿子。他们可喜的事情有大有小，但都用这种方式来表示永远不忘。

我到凤翔的第二年，才整修官舍，在堂的北边造一座亭子，又在南面挖了一个池塘，引水种树，当作休息的地方。那年春天，岐山南面有麦子落下，预卜会有好的收成。接着整个月没有下雨，老百姓正为这事担忧。过了三个月后，乙卯那天才下雨，甲子那天又下雨，老百姓认为还不够，丁卯那天又下大雨，接连三天才停。官吏在亭子里彼此庆贺，商人在市街上相和着唱歌，农夫在田野里一起拍手欢呼。忧愁的人变得欢喜了，病人的病也好了，我的亭子也刚好在这个时候落成。

于是我在亭上设宴，斟酒劝客，并且跟他们说："五天不下雨可以吗？"他们说："五天不下雨，麦就不能成熟。""十天不下雨行吗？"他们又说："十天不下雨，稻子就没法收成了。""没麦子也没稻子，势将连年饥荒。诉讼会很多，强盗也会到处抢劫。那个时候，我和各位就是想在这亭子里悠闲自得地玩乐，也不可能吧？现在老天不忘记老百姓，虽然先有旱灾，可是总算及时赐给我们雨水，使我和各位，能够一起在这个亭子里自由自在地游乐，这都是这场雨的恩惠，我们怎么能忘记呢？"

既然拿"喜雨"作亭子的名字，又接着唱了一首歌："假使天上落下珍珠，寒冷的人不能拿它来做衣服；假使天上落下玉石，饥饿的人不能拿来做粮食。一场雨连下三天，是靠谁的力量呢？老百姓说是太守，太守说我没这个能力；归功于天子，天子也说不是他；归功于造物者，造物者不以为是他自己的功劳；归功于天空吧，天空又是那样的遥远苍茫；说谁都不是，干脆用它来做我亭子的名字吧。"

【赏析】

这是一篇杂记类的古文，现在的人把它归作记叙文。

宋仁宗嘉祐六年（1061），苏轼出任凤翔府（现在的陕西凤翔县）签判，第二年春天，不巧碰上大旱灾，后来大雨来了，大家很高兴，所以就用"喜雨"两个字做亭子的名称。

本文分作五段：

第一段只有两句，可是这七个字却把主题点染得非常清晰，尤其把"喜"字的功能表现得恰到好处。

第二段举了三个实例，说明古人有喜，一定以物命名的习惯，紧接第一段而来。

第三段写苏轼在凤翔做官时遇到旱灾，可是大雨终于降临，全民都欢喜无比，他的亭子也恰巧完成了。这是喜雨亭本身的背景，重点由雨而喜而亭。

第四段写了一段对话，显示雨水对于人民的重要性，重点又落在"雨"上。

第五段说出命名为"喜雨"的动机，但是却巧妙地用一首歌来表达。这一段里，雨、喜、亭三字已经合而为一，不分彼此了。

全文用了不少平行排比的句子，产生一步步逼近的效果，像第二段、第三段、第四段的前半、第五段等。文章厚实而又洒脱，很能代表苏东坡自己的特色。

前赤壁赋

壬戌①之秋，七月既望②，苏子与客泛舟游于赤壁③之下。清风徐来，水波不兴④。举酒属客，诵明月之诗，歌窈窕之章⑤。少焉，月出于东山之上，徘徊于斗、牛⑥之间。白露横江，水光接天。纵一苇⑦之所如⑧，凌⑨万顷之茫然。浩浩乎如冯（píng）虚御风⑩，而不知其所止；飘飘乎如遗世⑪独立，羽化⑫而登仙。

于是饮酒乐甚，扣舷⑬而歌之。歌曰："桂棹（zhào）兮兰桨⑭，击空明兮溯流光⑮。渺渺兮予怀，望美人⑯兮天一方。"客有吹洞箫⑰者，倚歌而和（hè）之，其声呜呜然，如怨如慕，如泣如诉；余音袅袅（niǎo）⑱，不绝如缕；舞幽壑之潜蛟，泣孤舟之嫠（lí）妇⑲。

苏子愀然，正襟危坐，而问客曰："何为其然也？"

客曰："'月明星稀，乌鹊南飞'⑳，此非孟德㉑之诗乎？西望夏口㉒，东望武昌，山川相缪（móu）㉓，郁乎苍苍；此非孟德之困于周郎㉔者乎？方其破荆州，下江陵㉕，顺流而东也，舳舻（zhú lú）㉖千里，旌旗蔽空，酾（shī）酒㉗临江，横槊㉘赋诗，固一世之雄也，而今安在哉？况吾与子渔樵于江渚（zhǔ）㉙之上，侣鱼虾而友麋鹿；驾一叶之扁舟，举匏（páo）樽㉚以相属；寄蜉蝣于天地㉛，渺沧海之一粟。哀吾生之须臾，羡长江之无穷，挟飞仙以遨游㉜，抱明月而长终。知不可乎骤得，托遗响㉝于悲风。"

苏子曰："客亦知夫水与月乎？逝者如斯，而未尝往也；盈虚者如彼，而卒莫消长也。盖将自其变者而观之，则天地曾不能以一瞬；自其不变者而观之，则物与我皆无尽也。而又何羡乎？且夫天地之间，物各有主。苟非吾之所有，虽一毫而莫取。惟江上之清风，与山间之明月，耳得之而为声，目遇之而成色。取之无禁，用之不竭。是造物者之无尽藏也，而吾与子之所共适。"

客喜而笑，洗盏更（gēng）酌^㉞，肴核^㉟既尽，杯盘狼藉。相与枕藉乎舟中，不知东方之既白。

【注释】

① 壬戌：宋神宗元丰五年，公元 1082 年，作者四十七岁。

② 既望：阴历小月十五日大月十六日叫望日。既，已经。既望应该是指十六日。

③ 赤壁：山名。湖北省有好几个地方叫赤壁：一个在湖北嘉鱼县东北，就是周瑜打败曹操的地方。一个在武昌县东南，又叫赤矶。一个在汉阳县沌口临漳山，有个乌林峰，俗称赤壁。一个在黄冈县城外，就是东坡游玩的地方。本文中姑认这地方是曹操打败仗的所在，未必是苏轼弄错了，而是有意借这段历史来铺张文思文情。

④ 兴：掀起，泛起。

⑤ 诵明月之诗，歌窈窕之章：明月之诗，指《诗经·陈风·月出》。窈窕之章，指《月出》的第一章："月出皎兮，佼人僚兮，舒窈纠兮，劳心悄兮。"窈纠，就是窈窕，意思是悠远的秋思。

228

⑥ 斗、牛：北斗、牵牛两星宿。北斗星座包括七颗星。

⑦ 一苇：小船。

⑧ 所如：所去。

⑨ 凌：驾乘。

⑩ 冯虚御风：冯，通"凭"。驾风飞行在虚空（天空）间。

⑪ 遗世：遗弃世俗，离开世界上的一切。

⑫ 羽化：道教指飞腾升天，变成神仙。

⑬ 扣舷：敲打着船边。

⑭ 桂棹兮兰桨：棹，行船拨水的工具，在船尾，桨在船边。用桂木做棹，用兰木做桨，桂、兰都是名贵的木材。

⑮ 击空明兮溯流光：空明，月光映在水里那种透明的样子。溯，逆水而上。流光，指月光随着水波而流动。

⑯ 美人：比喻在朝廷的天子或贤人君子。

⑰ 洞箫：单管，没底的箫。

⑱ 袅袅：声音悠扬的样子。

⑲ 嫠妇：寡妇。

⑳ 月明星稀，乌鹊南飞：曹操《短歌行》里的两个名句。

㉑ 孟德：曹操，字孟德，东汉末人，做到丞相，挟持献帝号令天下。

㉒ 夏口：现在的汉口市。

㉓ 缪：缠绕，密布。

㉔ 孟德之困于周郎：周郎，就是周瑜。建安十三年（208），

229

曹操的军队由荆州沿江而下，孙权派周瑜做元帅，跟刘备合作，在赤壁大败曹军。

㉕ 江陵：现在的湖北荆州市。

㉖ 舳舻：指军舰。船尾叫舳，船头叫舻。

㉗ 酾酒：酌酒。

㉘ 横槊：横拿着长矛。

㉙ 渚：江中的小沙洲。

㉚ 匏樽：酒杯。

㉛ 寄蜉蝣于天地：蜉蝣，虫名，早晨生出来，晚上就死了。用它来比喻人生的短暂。

㉜ 遨游：远游。

㉝ 遗响：余音。

㉞ 更酌：东坡自己手写的《赤壁赋》，在"更"字下加注一个"平"字，意思是说"更"字应该读平声，解释作"互相"。更酌就是彼此为对方倒酒。

㉟ 肴核：熟肉叫肴，水果叫核。

【译述】

壬戌年的秋天，七月十六日，我跟几位客人在赤壁底下泛舟游赏。清风缓缓吹来，水面没有一丝波浪。一面举起酒杯来劝客人喝酒，一面朗诵《诗经·月出》，高唱着"舒窈纠兮"那一章。一会儿，月亮从东方的山上出来，在北斗星跟牵牛星中间慢慢移动。白露弥漫着江面，水光接连着天色。任小船随意浮动，漂泊在茫茫万顷的水上。浩浩荡荡地，像驾着风飞行在天空里，却不知道将在哪里停止；飘飘然地，像离开了人世，单独一个人，变成了神仙。

于是彼此喝着酒，快乐极了，敲着船舷，唱起歌来。歌词是这样的："桂木做的棹，兰木做的桨，拍打着水上的月光，逆着流水，追赶着流光。我的情怀像流水般地悠长，怀念着遥远的佳人。"客人当中有一位会吹洞箫的，应和着歌声作伴奏，它的声音是呜呜的，好像幽怨，又好像爱慕，像在哭泣，又像在倾诉；余音回荡缭绕，像细丝一样地不断，可以使深渊里潜藏的蛟龙起来跳舞，也可以使孤舟中的寡妇哀伤哭泣。

我悲怆得很，脸色都变了，整整衣襟，端坐着问那位客人："为什么吹奏这样的曲子呢？"

那位客人说："'月明星稀，乌鹊南飞'，这不是曹操的诗吗？西边望着夏口，东边望着武昌，都有山水围绕着，草木一片漆黑暗淡，这不是曹操被周瑜围困的地方吗？当他刚攻破了荆州，占领了江陵，顺着长江东下，战船接连千里，旌旗掩盖着天空，在江上喝着酒，横拿着长矛吟诗；他本来是一代豪杰，可是现在却在哪里呢？何况，我和你在江边的沙洲上游玩，简直像渔夫和樵夫，跟鱼虾和麋鹿做朋友；驾着一条小船，举着酒杯，相互倒酒；短暂得像蜉蝣寄存在天地间，渺小得像大海中的一粒米。感慨我们的生命是那么短促，羡慕长江的无穷无尽；想牵着飞仙跟他一起远游，想抱着日月永远跟它一起存在。明知道这是做不到的，只好把余音寄托在悲凉的秋风里。"

我说："你也知道流水和月亮的道理吗？逝去的水不停地前进，却从来没有真正地走开，月亮圆了又缺了，但是它本身始终没有变大一点或者小一点。要是从变的观点来看，那么天地在每一眨眼当中都会发生变化；要是从不变的观点来看，那么万物和我们都是无限的。那还有什么可以羡慕的呢？而且世界上任何东西都有它的主人。如果不是属于我的，就是一丝一毫，我也不敢乱拿。只有江上的清风和山里的明月，耳朵听到了就构成音乐，眼睛看见了就形成美景。去拿它，没有人禁止；用它，再用也用不完。这是造物者赏给人类的无限的宝藏，也是我们所共同享有的。"

那位客人听了，高兴地笑了。于是重新把杯子洗一洗，相互酌酒。等到菜肴、水果都吃光了，杯盘也一片零乱。大家横七竖八地躺在船里，也不觉得东方已经露出鱼肚白的颜色了。

【赏析】

这是一篇赋。宋朝的赋比较接近一般散文的形式，不过大体上还是押韵的。

《赤壁赋》是作者四十七岁时贬官在黄州所写的。其实他所关心的，绝不是当年赤壁之战那种烈火腾空的情景，而是借着丰富的联想力，从曹操这位半豪杰半诗人的古人身上，引发一些人生的感想：人事是短暂的，也容易变化，大自然却是永恒的，而且永远可以为大家所分享。

这是苏轼开朗豁达的人生观的写照，甚至也可以说，这就是他的宇宙观。做一个人，要看得远，看得大，不要让自己钻进牛角尖里，把自己当作小虫那么可怜，而要开阔心胸，使自己像宇宙一样无限，一样伟大。

全文可分六段：

第一段描写作者和客人畅游赤壁的情景："清风徐来，水波不兴。""月出于东山之上，徘徊于斗、牛之间。白露横江，水光接天。"是纯写景，"举酒属客，诵明月之诗，歌窈窕之章"是写情，"纵一苇之所如"以后六句，就是情景交融了。

第二段写他们喝酒唱歌的情景，重心是那首歌的歌词，还有描写一位客人吹洞箫的声音。

第三段写东坡听到箫声后的反应：心里忧愁，态度也庄重起来，并且向客人发问。这一段虽然短，却是文章上的一个转折。

第四段记客人的话，他感慨人生短暂渺小，对生命抱着悲观的态度。

第五段说出东坡自己的人生观，那是乐观的，豁达的，重点在"自其不变者而观之，则物与我皆无尽也"。全段跟上段正好形成一个鲜明的对比，气势也比上段来得旺盛。

第六段以那位客人的喜悦作结，等于肯定了苏轼的人生观。尾声又以痛饮到天亮作点缀，似乎为上段的"吾与子之所共适"作了一个小小的印证。而"不知东方之既白"也跟首段的"月出于东山之上"形成了巧妙的呼应。

这是东坡最著名的文章之一，从沉重中透出飘逸，又从飘逸中展示了严肃的意义。至于全篇节奏的美妙，必须读者一再地朗诵才能体会。

记承天寺夜游

元丰六年①十月十二日夜，解衣欲睡，月色入户，欣然起行。
念无与为乐者，遂至承天寺②寻张怀民③。怀民亦未寝，相与④
步于中庭⑤。庭下如积水空明⑥，水中藻荇（xìng）⑦交横，盖竹
柏影也。

何夜无月？何处无竹柏？但少闲人⑧如吾两人者耳。

【注释】

① 元丰六年：公元 1083 年。

② 承天寺：在现在的湖北黄冈市南面。

③ 张怀民：苏轼的朋友，生平不清楚。

④ 相与：相伴，一起。

⑤ 中庭："庭中"的倒装语，就是庭院里，院子里。

⑥ 空明：透明。

⑦ 藻荇：藻，水草。荇，就是荇菜，叶子赤红色，圆形，直
径一寸多，浮在水面上，根在水底。

⑧ 闲人：就是闲人，悠闲的人。苏轼因为乌台诗案贬在黄
州，名义上是做黄州团练副使，实际上根本不许他签办公事，所
以这儿说"闲人"，真是名副其实，一点也不夸张。

【译述】

元丰六年十月十二号晚上，我正解开衣服想睡觉，忽然看见月光从门口照进来。一时心里高兴，就重新穿好衣服，出去随便走走。

一路走，一路想：谁能跟我一起享受月光下的散步呢？就决定到承天寺找张怀民。好像有默契似的，怀民也还没睡呢。两个人就一起在院子里散步。月光照到院子里，好像积满了水，一片透明，心境也出奇地宁静。水里有水藻、荇菜交错着，大概是竹子和柏树的影子吧。

夜里不是常有月光吗？竹子、柏树不也是到处都有吗？可是像我们这样两个清闲的人可就少啦。

【赏析】

一个人在得意的时候，做什么事情都会兴致勃勃，好像不知道人世间有什么忧愁痛苦，这是一点也不稀奇的事。可是像东坡这样，不久前才从一道死亡的关口逃出来，现在又被贬在异乡，眼前凄凉，前途茫茫，照说应该一天到晚唉声叹气，或大发牢骚，但东坡毕竟是一位豪杰，他能摆脱世俗的挫折和烦恼，保持悠闲宁静的心境。这篇短文，就是他的人格修养的最好写照。

我们可以说这是一篇"迷你"的游记，也可以说它是一篇浓缩的人生小品。"欣然""与为乐""闲人"是正面的传写，"月色"空明""竹柏影"则是侧面的象征性的烘托。月色的澄洁透明，竹子、柏树的清高幽洁，都可说是东坡人品的特质。

全文可分三段：

第一段只记述一个简单的事实：某一天的晚上，自己想睡而没有睡下，决定出去走走。但是这里面不但有了时间、地点（自己家里，没有明说，但很清楚），也有了动机："月色入户。"多么简洁，多么干脆！但是，人生许多美妙的感受，不都是从单纯的事情里得到的吗？

第二段写访承天寺的动机：这个动机当然是由上一段的"月色入户"引申出来的。既然出门走走，一定是想散散心，想延长那份"欣然"的心情。这时候，可以有三种选择：一种是选择独自散步，清清静静，忘记世界上的一切；一种是找一个伴一起享受月色下的漫步；还有一种是到一个热闹的地方去赏月。第一种太出世，第三种又太入世，于是东坡终于选择了第二种方式。然后，又选中张怀民。于是地点也不成问题了：张怀民和承天寺在他心目中很可能是合而为一的。我这样娓娓道来，好像给人一种感觉：东坡是费了不少心思才下定决心的。不，完全不是。他的走向承天寺找张怀民，在当时可以说根本是出于一种直觉，根本是顺乎心灵自然的事。

果然不错：张怀民也没睡。事实上，在他作了这样决定的那一瞬间，他似乎就有这个把握。因为他们是好朋友，又都是世上难得的闲人，所以"心有灵犀一点通"，他们都不想睡，终于完成了这一夜一起散步的缘分。

他们见面以后，没有说一句话，便一块散步起来了。我们当然可以说：这是作者有意把文章写得简洁，省略掉了他们之间的对话；但是，另外一种情形也是很可能的：东坡找到了怀民，用一个使人会心的微笑邀请了他，两人就不发一言到院子里散步了。真正享有过最真挚友谊的人，大概都有类似的经验吧。

院子里的景色也写得很简单：月色、竹子、柏树，只有这三样，可是这三样配合在一起，又加上幻觉，却凭空增加了两样：水藻和荇菜。其实，这是一幅很好的水墨画，而东坡原也是一位画家啊。

写到这里，可以结束了："盖竹柏影也。"不也能够让人有绕梁三日的感觉吗？

可是东坡还有话要说，其实只是一句话。

这就有了第三段。第三段的前两句，乍看是夸张失实的。"何夜无月？"一年里没有月亮出现的夜晚不是也很多吗？"何处无竹柏？"更不容易说通了。但是文学的语言本来不同于科学的语言，所以这两句话，只是为了引出下面那句最重要的话："但少闲人如吾两人者耳。"

无论如何，月光、竹子、柏树虽然美好，却都不是特别稀罕的东西；而天下真正的闲人呢，可真是少到不能再少。世界那么复杂纷扰，生存在这个世界里的人，又有几个真能超越世上的一切，摆脱周围的人和事，而成为一个彻底的闲人呢？有的人身闲心不闲，有的人心闲（也许只是心死）身不闲，有的人更身心两不闲。东坡本来也不是闲人，但是前一阵子的不幸事件，却反而成就了他，使他变成一个身心都闲的大闲人。这是多么惊人的事，又是多么难得的事！

更难得的是：在他身边，竟还有一个张怀民，一个名不见经传的人，另一个真正的闲人。

两个闲人，九百多年前的一个月夜，一共八十多个字的一篇文章，给我们后人的启示该有多大！

记游定惠院

　　黄州定惠院①东，小山上，有海棠②一株，特繁茂。每岁盛开，必携客置酒，已五醉其下矣。今年复与参寥师③及二三子访焉，则园已易主；主虽市井人④，然以予故，稍加培治。

　　山上多老枳（zhǐ）⑤木，性瘦韧，筋脉呈露，如老人头颈。花白而圆，如大珠累累⑥，香色皆不凡。此木不为人所喜，稍稍伐⑦去，以予故，亦得不伐。

　　既饮，往憩⑧于尚氏之第⑨。尚氏亦市井人也，而居处修洁⑩，如吴越间人，竹林花圃⑪皆可喜。醉卧小板阁上，稍醒，闻坐客⑫崔诚老弹雷氏琴⑬，作悲风晓角⑭，铮铮⑮然，意非人间也。

　　晚乃步出城东，鬻大木盆，意者谓可以注清泉，沦瓜李，遂夤（yín）缘⑯小沟，入何氏、韩氏竹园。时何氏方作堂竹间，既辟地矣；遂置酒竹阴下。有刘唐年主簿⑰者，馈⑱油煎饵⑲，其名为"甚酥"，味极美。客尚欲饮，而予忽兴尽⑳，乃径㉑归，道过何氏小圃，乞其丛橘，移种雪堂㉒之西。

　　坐客徐君得之将适闽中㉓，以后会未可期，请予记之，为异日拊（fǔ）掌㉔。时参寥独不饮，以枣汤代之。

【注释】

　　① 定惠院：在现在的黄冈市东南，东坡刚到黄州时，便住在这里，后来才搬到临皋亭。

240

② 海棠：东坡诗集中有"寓居定惠（院）之东，杂花满山，有海棠一株，土人不知贵也"的诗题，诗里这样说："嫣然一笑竹篱间，桃李漫山总粗俗。也知造物有深意，故遣佳人在空谷。自然富贵出天姿，不待金盘荐华屋。朱唇得酒晕生脸，翠袖卷纱红映肉。"把海棠花描写成一位高贵的美人，满面红晕，穿着翠绿色的纱衣，风姿美妙，桃花、李花相对失色，可见他多么偏爱海棠。

③ 参寥师：和尚道潜，号参寥子，东坡的好朋友，也是一位诗人，著有《参寥子集》二十卷。

④ 市井人：市街上凡俗的人。

⑤ 枳：常绿乔木，枝多刺，果实有点像橘子。

⑥ 累累：连接在一起，累积在一起的样子。

⑦ 伐：砍。

⑧ 憩：休息。

⑨ 第：第宅，大而显贵的住宅。

⑩ 修洁：整洁。

⑪ 圃：园。

⑫ 坐客：座上客，指一起喝酒的人。

⑬ 雷氏琴：唐朝开元年间雷威所造的琴。

⑭ 晓角：天刚亮时吹角的声音。角是军中的一种吹奏器。

⑮ 铮铮：金属的声音。

⑯ 彖缘：沿进，这里是说沿水沟而前进。

⑰ 主簿：官名，主管文书簿籍，相当于现在的主任秘书。

⑱ 馈：送礼。

⑲ 饵：粉饼。

⑳ 兴尽：兴致完了。王羲之的儿子子猷住在山阴（现在的浙江绍兴市）的时候，有一夜下大雪。半夜醒来，把窗门打开，命令仆人安排酒食喝酒，一面喝一面欣赏室外的银白色风景。忽然想念他的朋友戴安道，当时戴安道在剡（shàn）溪（现在的浙江剡县南），于是王子猷立刻叫了小船，上船远去拜访他。过了一夜才到。到了他家门前，没进去就回家了。别人问他为什么这样。他说："我本来是乘着兴致来的，现在兴致完了，就回家了，何必一定要见戴安道呢？"以后就变成一个典故了。

㉑ 径：直，直接。

㉒ 雪堂：苏轼在黄州，在东坡上筑雪堂，自称东坡居士。这堂在大雪中兴建，四面墙壁也画满雪景，所以叫雪堂。

㉓ 闽中：郡名，就是现在的福建省大部分。

㉔ 拊掌：拍手，表示高兴。

【译述】

黄州定惠院的东边，小山上面有一株海棠，非常茂盛。每年海棠花盛开的时候，我一定约了朋友，带着酒去赏玩，在树下痛快地喝酒。像这样前后已经有五次了，今年又和参寥禅师等两三位朋友去那儿玩，这个园子已经换了主人；新主人虽然是个市井小民，可是因为我的缘故，竟也把这株海棠重新培土修整了一番。

山上有许多老枳树，又瘦又韧，筋脉都露在外头，好像老人的脖子。花白色圆形，好似一串串的大珠子，香气和颜色都很特别。人们不大喜欢这种树，渐渐地把它砍掉，但是因为我喜欢它们，后来就不砍了。

　　我们喝过酒，就到一个姓尚的人家休息。这位尚先生，也是一个市井小民，可是他的房子非常整齐清洁，像是江浙一带的人家，竹林、花园，看了都叫人欢喜。我有点喝醉了，睡在他家的小板阁上，歇了一会儿，渐渐醒过来，蒙蒙中听到同去喝酒的朋友崔诚老在弹雷氏的古琴，鏦鏦铮铮的弹出凄风中的晓角声，使我仿佛觉得不是待在人世。

　　傍晚，到东门外散步。买了一个大木盆，想着可以注入清水，浇灌瓜和李子。沿着一条小沟走，走到何家和韩家的竹园里，那时候何家正要在竹园里造房子，地基已经开辟好了。我们就在竹荫下面喝酒。有个主簿官叫刘唐年，送了些油煎饼来，这种饼叫"甚酥"，味道很好。朋友们还要继续喝酒，我忽然觉得没有兴致了，就直接回家。经过何家的小园，讨了几株小橘树，带回去种在雪堂西边。

　　在一起喝酒的朋友里头，有一位徐得之，将要到福建去，因为不知道以后什么时候才能相会，所以叫我把这些情形写下来，当作将来谈笑的资料。那天只有参寥师不喝酒，拿枣子汤来代酒。

【赏析】

这是一篇游记，也可说是人生小品。写于元丰七年（1084），作者四十九岁。

它主要是写作者和他的朋友们的生活情趣。和上一篇一样，它的主要情调是悠闲，所不同的是，这篇里写的景物和人物比上一篇多。

全文共分五段：

第一段记定惠院的海棠树以及东坡和友人们对它的钟爱。树和花已经换了主人，但情调还是没变，这一点，作者只说"然以予故，稍加培治"就暗示出来了。

第二段写山上的枳树。枳树的评价自然不如海棠，但是老人的形象也有可珍贵的地方，何况白花累累，香气也不寻常，比起佳人本色的海棠来，即使不能胜过它，也能够表现另一种丰采。东坡显然是拿枳树来陪衬海棠，但是也没有把它看作跑龙套的角色。

第三段记在尚家看花、休息、听琴的情形，琴声配合着美景和醉意，使他有飘飘欲仙的感觉。

第四段记韩氏、何氏竹园的情景，竹荫、美酒、甚酥、好友，配成一幅图画。但突然兴尽的东坡，在一个人回家的途中，还有兴致讨得一些橘子树，作移植的打算，真是一位身在世间而脱离尘俗的人。

第五段记述写本文的动机。顺便说明参寥禅师因为身份和习惯不同，不喝酒而喝枣汤，大概他也跟大家一样尽兴吧。

第一、二段以写景为主，第三、四段以写众友的活动为主，景物为辅，第五段是收结，也是余音。

这篇文章的一大特色是自然而不拘泥。可惜东坡对朋友们的神态很少描写，否则当会更为生动。

方山子传

方山子①，光、黄②间隐人也。少时，慕朱家、郭解③为人，闾里④之侠皆崇之。稍壮，折节⑤读书，欲以此驰骋⑥当世，然终不遇。晚乃遁⑦于光、黄间，曰岐亭⑧。庵居⑨蔬食，不与世相闻，弃车马，毁冠服，徒步往来山中，人莫识也。见其所着帽，方耸而高，曰："此岂古方山冠⑩之遗像乎？"因谓之方山子。

余谪居于黄⑪，过岐亭，适见焉，曰："呜呼！此吾故人陈慥(zào)季常也，何为而在此？"方山子亦矍(jué)然⑫，问余所以至此者，余告之故。俯而不答，仰而笑，呼余宿其家。环堵萧然⑬，而妻子奴婢，皆有自得之意。

余既耸然异之。独念方山子少时，使酒好剑，用财如粪土。前十九年，余在岐山⑭，见方山子从两骑，挟二矢，游西山。鹊起于前，使骑逐而射之，不获；方山子怒马独出，一发得之。因与余马上论用兵及古今成败，自谓一世豪士。今几日耳，精悍之色，犹见于眉间，而岂山中之人哉？

然方山子世有勋阀⑮，当得官，使从事于其间，今已显闻。而其家在洛阳，园宅壮丽，与公侯等；河北有田，岁得帛千匹，亦足以富乐；皆弃不取，独来穷山中，此岂无得⑯而然哉？余闻光、黄间多异人，往往佯狂垢污⑰，不可得而见。方山子傥(tǎng)⑱见之欤？

【注释】

① 方山子：北宋永嘉（现在的浙江永嘉县）人，姓陈名慥，字季常，自号龙丘子。因为喜欢戴方山冠，所以人家称他为"方山子"。好侠义，不做官，隐居在黄冈县。他怕太太，也很有名，"季常癖"就是指怕太太的毛病。

② 光、黄：宋朝两个州名。光，旧名光化县，现在归湖北老河口市。黄，现在的湖北黄冈市。

③ 朱家、郭解：是汉初的两位游侠。朱家，鲁（现山东省的一部分）人，结交豪杰很多，曾经在季布危险的时候救过他。郭解，轵（现在的陕西咸阳市西北）人，正直好义，是朱家以后的一大侠客，所以世人合称为"朱郭"。《史记·游侠列传》记载他们的事比较详细。

④ 闾里：乡里。闾的本意是里中门。

⑤ 折节：改变以前的志向。

⑥ 驰骋：快跑。比喻获得功名，变成大人物。

⑦ 遁：隐居的意思。

⑧ 岐亭：方山子隐居的地方，不一定是一个亭子。

⑨ 庵居：住在庙里，或住在孤独的房子里。

⑩ 方山冠：冠名，跟进贤冠很像，是宗庙祭祀的时候乐师所戴的帽子。唐、宋时代的隐士喜欢戴这种帽子。

⑪ 余谪居于黄：苏轼在元丰年间因为乌台诗案入狱，出狱

247

后贬到黄州。

⑫ 矍然：惊讶地看人的样子。

⑬ 环堵萧然：四壁萧条，指住宅很简陋。

⑭ 岐山：地名，在现在的陕西凤翔县东。

⑮ 勋阀：勋，功绩。阀，门阀。意思是名门望族（贵族）。

⑯ 无得：不得志。

⑰ 佯狂垢污：假装疯狂不清洁的人。

⑱ 傥：同"倘"，或许。

【译述】

　　方山子，是光州、黄州之间的一位隐士。少年时代，他仰慕朱家、郭解这些游侠，乡里间的侠客，都非常崇敬他，把他当作领袖。等到年纪大一些，他改变了原先的志向，用功读书，想由这条路显贵成名，但是始终没有达成他的愿望。晚年才隐居在光州、黄州一带，他住的地方叫作岐亭。在那儿，他的起居饮食很简朴，不跟外边的人往来，不用车马，不穿漂亮的衣服，徒步在山里走来走去，人家都不认识他是谁。大家看到他戴的帽子又方又高，就说："这不是古代的方山冠吗？"于是大家都叫他"方山子"。

　　我被贬到黄州，经过岐亭，恰好看到他，便冲口而出说："哎呦，这不是我的老朋友陈慥季常嘛，你为什么在这里？"方山子也惊讶地瞪着我看，问我为什么到这里来，我告诉他前因后果。他听了，低下头不说话，接着抬起头来大笑，叫我住在他家里。

他家里空空荡荡的，很贫穷的样子，而妻子、孩子、用人，都有自得其乐的神情。

我感到很惊讶，想起方山子年轻的时候，喜欢喝酒玩剑，花钱像丢弃粪土一样随便。十九年前，我在岐山，曾经看见方山子带了两名从骑，挟着两副弓箭，到西山去打猎，看见鹊在前面飞起，就叫人追上去射它，结果没射中，方山子快马加鞭追过去，一箭就把它射了下来。接着跟我在马上讨论兵法，以及古今人成败的事情，以一代豪杰自诩。现在相隔不过短短的一段日子，精明强悍的神采，隐隐约约地还流露在眉目间，他哪里真是长住在山里的人呢？

可是方山子毕竟是名门世家，照说应该得个官位，假使他在这方面下工夫，现在一定很显贵了。他的老家在洛阳，庭园住宅非常壮丽，和公侯的公馆差不多；河北又有一大片田产，每年的收成可以值丝绸一千匹，也足够享受富有安乐的生活了。这一切他都不要了，偏偏到荒山里来，他哪里会是不得意才这么做的呢？我听说光、黄两州一向奇人特别多，往往装成狂妄邋遢的样子，使人不容易见到。方山子或许见过这些人吧？

【赏析】

这是一篇传记类的古文，是苏轼为他的老朋友陈季常所写的小传。但写法很特别，先不交代他的姓名籍贯，却从外号写起。可说是对特别人物的一种特殊作法。

陈慥的妻子柳氏，既妒忌又强悍，苏东坡因为跟他们很熟，就开玩笑说她是"河东狮"，而且还写在诗里面，这样一来，陈季常就变成怕太太的代表了，而本文却从另一个更重要的角度描写他，使他的豪杰气概生动地流露在读者的眼前，使人对他印象一新。

全文共分四段：

第一段半明半暗地写方山子的言行、衣着和思想、经历，又叙述"方山子"这个绰号的由来。

第二段由一个偶然的机缘透露出方山子的真正姓名、身份，并记作者和他在黄州相遇时的情形，和初次看到他山中家居的印象。

第三段回忆方山子以往的情形，其实只着重在一件事上：岐山驰射，畅谈古今。但却引出最后一句话："而岂山中之人哉？"跟第一句的"余既耸然异之"正好相呼应。

第四段又进一步来解释自己心里的疑惑。但是解释之前，先说了许多方山子不该隐居的条件。最后也没有真正地说出答案来，只是强烈地暗示他也是"光、黄间"的"异人"之一而已。"方山子傥见之欤？"说得多么含蓄，多么委婉，也可以说微微透露了东坡的幽默感。

作者只是用同情的笔调写照方山子的一生，是纵剖，也是横截，文字虽简短，给人的印象却很强烈，因为作者多半写实情实景，说明和议论很少，同情中有敬佩，敬佩中又有少许惆怅。

第八章　苏辙文选

苏辙生于宋仁宗宝元二年（1039）二月，卒于徽宗政和二年（1112）十月三日，享年七十四岁，是唐宋八大家里最后的一位，也是最长寿的一位。

苏辙字子由，一字叔同，是苏洵的第三个儿子，苏轼的弟弟，跟子瞻兄弟间情感非常好。晚年自号栾城，又号颍滨遗老，而且还写过一篇《颍滨遗老传》的自传，长两万多字，恐怕是中国古代最长的自叙传。

苏辙出生的时候，父亲三十一岁，母亲程太夫人命奶妈杨氏乳养他。他跟哥哥从小就由父母亲教导，在南轩读书。槛前种了一些花木，常常有许多雀鸟在那当中做巢，飞来飞去，非常热闹，乡里的人都很惊奇。子由八岁的时候，父亲游学回来，把南轩改成来风轩，从此以后，十年没出远门，专心教儿子读书。苏辙天生聪明，又加父、兄的指点，进步很快。他们又向眉山城西西社刘巨（字徽之）求教，刘巨也很欣赏兄弟二人的才学。

苏子由跟哥哥一样，也早婚，十七岁娶了同里史瞿的女儿，而且夫妇情感很好，有一首诗，是子由晚年所写的《寄内书》，里面有这么四句：

> 与君少年初相识，君年十五我十七。
>
> 上事姑嫜旁兄弟，君虽少年少过失。

一个十五岁的少妇，已经能够很好地侍奉公婆，对待夫家的兄弟，实在难得。这对苏辙的寿命，应该有直接的影响。

仁宗嘉祐元年，苏洵认为两个儿子的学业已经有了相当的造诣，三月间便带他们去京城应试，五月才到达开封，恰好连月苦雨，城中淹水，到处房子都倒塌了，苏家父子只好借住在兴国寺里。

嘉祐二年，苏辙也考中了进士，因为兄弟一起高中，还引起一场风波，落第的考生们有表示不服的，但苏氏父子却因为名满天下，也影响到许多考生争读他们的文章，甚至学习他们朴实高古的风格。

不料母亲程太夫人病故，父子三人匆匆回乡，三年丧满，又三人同行，再次到京都去。上次他们所走的是陆路，经四川北部、陕西凤翔东下到河南，这次赴京却改变了路线。大约是想借此机会，多游山川名胜，观赏各地风景文物。他们由西川（四川之一）沿江东下，坐了两个多月的船，经过十一个郡、二十六个县，包括犍为、宜宾、戎州、渝州、涪陵、仙都、忠州等地，到鱼腹山眺望诸葛亮的八阵图，到夔州（现在的重庆市奉节县）凭吊刘备驾崩的白帝城永安宫，过瞿塘峡、巫峡、神女庙，饱览名胜古迹，水光山色，亲自经历巫山的云雨和鹤叫猿啼，十二月八日才到荆州江陵（现在的湖北荆州市），子由把在船里所吟成的诗赋一百首，合编成《南行集》。父子三人因为天气寒冷，便暂时住在江陵过年。

嘉祐五年正月五日，才由江陵改走陆路，由荆门、宜城经过襄阳、邓州、唐州，二月到许昌，遇到名臣范仲淹和他的儿子纯仁，互相倾诉敬慕的心意。三月十五日到达开封，子由又把由江陵到开封途中所写的诗赋七十二篇，编成《南行后集》。

苏家父子到了京都后，父兄各得官职，但子瞻没有上任。嘉祐六年，兄弟两人同考制策，八月二十五日子瞻对制策列为三等；子由因为仁宗年纪大了，有点厌倦政务，在对策中高谈国事的得失，尤其对于禁廷的事，更痛切表示不满的意见，自己知道凶多吉少，复考官（复审的考官）也把他列入三等，初考官胡宿却认为他发表的意见太不顾礼貌，坚持把他除名，幸亏司马光、范镇上书为他努力争取，仁宗皇帝也还算开明，只把他降一等列入四等。不久下令子由任试用秘书省校书郎，充商州（现在的四川宜宾市西北）军事推官（相当于兵役科科长），刚好子瞻已奉命去凤翔府担任判官，子由便以兄长远行为由，请求留在京都，专任校书郎，以便奉养父亲，仁宗准许了他的请求。

嘉祐八年仁宗驾崩，英宗即位，改元治平元年，子瞻由凤翔回到京都，兄弟重聚，侍候父亲，同住在宜秋门里的南园，共享天伦的乐趣。不久苏轼又应试学士院，再中三等，做了殿中丞，进史馆工作，苏辙则为大名府（现在的河北大名县）留守推官，因为哥哥留在京都侍养父亲，他便正式到大名府去上任。

治平三年四月，父亲苏洵逝世，苏轼兄弟护送棺枢还乡，治平四年埋葬亡父于彭山，此后三年，也就是子由二十八岁到三十岁的时候，他都在家乡守丧。

神宗熙宁元年五月，服丧期满，兄弟两人就带着家眷经过成都、阆中、凤翔，经过长安过了年，熙宁二年春天回到京都。

神宗有心革新政治，重用王安石，苏辙到京都以后，就上书议论国家大事，神宗召他到延和殿面谈，命令他参加王安石所主持的三司条例司，检讨文字。当时吕惠卿是王安石最信任的官员，苏辙跟他的意见有很多不合的地方。王安石叫他研究青苗法的实施细则，并命他凡有不便的地方，可以明白地告诉自己。苏辙认为问题有两个：一、经管收支的官吏从中舞弊；二、老百姓滥用借到的公款，将来缴纳钱粮也会成问题。王安石虽然答应再考虑，却终于不顾一切地实行了。子由上书反对，王安石大怒，想加罪于他，幸而陈升之劝解，才算免罪，便改任河南留守推官。熙宁六年改为齐州（现在的山东济南市）书记，十年改任著作郎。张方平留守南京，子由又随着去那里担任推官。元丰二年子瞻因为乌台诗案入狱，子由上书请求纳还自己的官职，来替哥哥赎罪，神宗不答应，反而把他贬到筠州（现在的江西高安县）去监理盐税和酒税（等于税务局稽查处处长）。元丰七年，才升为绩溪县

（现在的安徽绩溪县）知县，他在任的时间虽然不长，但很有成绩，对于骚扰百姓的事完全禁止，老百姓爱戴他，都称赞他是清官。

哲宗即位，大赦天下，子由也被召还朝，先做秘书省校书郎，不久王安石下台，司马光等重新当政，苏辙升为右司谏，屡次上书建议改革政治上的流弊，而且对王安石的余党章惇等也一再弹劾，尤其忘恩负义的吕惠卿出卖了王安石，子由一本他的正义感，上疏指摘吕氏的奸邪，吕惠卿因此而被贬。同时他也反对司马光恢复差役法以及匆忙地改变考试科目，但司马光没有接受他的意见。

不过在司马光再度执政的这段时间里，苏辙总是尽最大的心力来辅佐他，因为子由相信司马光是一位正人君子，而且有心把国家治好。司马光为人固执，子由当然有些无可奈何，但是他不泄气，凡是自己所看到的、想到的，一定率直地告诉宰相，对皇帝也常常直言劝谏。譬如西夏派遣使臣来，请求把兰州五砦（zǐ）地方还给他们，朝廷里的大臣纷纷议论，但都没有得到适当的结论，苏辙不怕别人的反对和猜疑，理智地分析问题，然后建议朝廷把五砦还给西夏，他的理由是："皇上继位不久，年纪还轻，现在由皇太后听政，将帅士兵都还没有深深感受到皇上的恩情，这个时候不适合打仗，所以还是把那块地方还给西夏的好。"

果然，西夏人得到五砦后，非常高兴，不再骚扰边境了。

另外，朝廷大臣讨论恢复黄河故道的事，苏辙也有他独特的看法，他认为黄河泛滥，河水改道，并不是从神宗时代才开始，几百年前就有这种现象了，现在如果不按照以往的处理办法，用人工来修堤堵水，勉强它恢复旧日的河道，是违背自然的做法，劳民伤财，说不定到头来还徒劳无功呢。可惜朝廷没有采纳他的意见。

元祐二年十一月，苏辙升任户部侍郎（相当于财政部次长），三年还充任考官。

他在户部侍郎任上做了两年，对于整理国家财赋，有相当大的贡献。他主张国家的财富应该尽量收藏在民间，收藏在地方上，只要地方上财源充足，转运司便不会缺乏，转运司不缺乏，中央政府也不会缺乏。可惜这项大胆的建议也没有被采纳。

元祐四年（1089），子由五十一岁，六月八日转任吏部侍郎。只过了三天又升官了，改任翰林学士，暂兼吏部尚书。十六日，皇上派他跟刑部侍郎赵君锡一起担任贺辽国国君生辰使。

十月，苏辙把他奉命编辑的一部大书——《神宗御制集》献给皇上。这部集子一共九十卷，收录九百三十五篇文章，不过大部分都是臣子代笔的。

十一月到达辽国（契丹），元祐五年正月才回国。出使辽国期间，正是严冬天气，积雪很厚，非常辛苦，他曾经写了"奉使契丹"的诗二十八首，详细抒写出使的经过和感受。辽人久闻子由大名，对他很礼遇。

五月，改任龙图阁直学士御史中丞。元祐六年二月，任尚书右丞。这一年里，他自己编定《栾城集》。因为引用汉光武帝来比方先朝的事，哲宗对他不满。

哲宗绍圣元年（1094），子由五十六岁，哲宗重新起用章惇做尚书左仆射兼门下侍郎，以王安石配享神宗先庙，恢复已故的蔡确等的官职，重修《神宗实录》，改掉对新党不利的文字，新党就这样全面地重新掌握大权。苏辙当然是他们的眼中钉，于是由李靖臣出面攻击他，三月便命他仍以门下侍郎的头衔，贬到汝州（现在的河南汝州市）去做知州，六月又叫他去袁州（现在的江西宜春市）当知州，降官左朝议大夫，七月又降为少府监，住在筠州。

到了绍圣四年的二月，又改授化州（现在的广东化州市）别驾（相当于主任秘书），住在雷州（现在的广东雷州市），同一个月里，哥哥也被贬放到琼州去，五月里两人在藤州（现在的广西藤州市）相会，一起走了好一程，这简直是生离死别的场面！接着又命令他到循州（现在的广东梅州市），简直把他当一颗小棋子一样，移来移去，任意摆布。

哲宗驾崩，徽宗即位，又大赦天下。苏辙却仍继续他的流浪生涯，一会儿永州，一会儿岳州（现在的湖南岳阳市），一会儿恢复太中大夫的官职，蔡京做宰相时，又降为朝议大夫，待在许州（现在的河南许昌市），不久再做太中大夫。

苏子由已经六十二岁了！他实在对政治已经厌倦透了，便上表请求退休，就此住在许昌养老，因为位于颍水边，所以自号颍滨遗老，不问世事，整理著作，吟诗写文，并默坐修证，参悟禅机，过了十几年浑然忘我的生活。

他的文章气势高妙，阴柔中含有阳刚的成分，议论温和而中肯，受《论语》、《孟子》、韩愈古文的影响很大。他主张多游历山川，多交朋友，以充沛自己的体气，开阔自己的心胸，这样才能写出最好的文章来。

他的重要著作有：《诗集传》《春秋传》《古史》《老子解》《栾城集》等。

六国论

愚①读六国②《世家》③，窃④怪天下之诸侯，以五倍之地，十倍之众，发愤⑤西向，以攻山西千里之秦⑥而不免于灭亡⑦，常为之深思远虑，以为必有可以自安之计。盖未尝不咎⑧其当时之士，虑患之疏，而见利之浅，且不知天下之势也。

夫秦之所与诸侯争天下者，不在齐、楚、燕、赵也，而在韩、魏之郊；诸侯之所与秦争天下者，不在齐、楚、燕、赵也，而在韩、魏之野；秦之有韩、魏，譬如人之有腹心之疾⑨也。韩、魏塞秦之冲，而蔽山东之诸侯，故夫天下之所重者，莫如韩、魏也。

昔者范雎（jū）⑩用于秦而收韩，商鞅⑪用于秦而收魏，昭王⑫未得韩、魏之心，而出兵以攻齐之刚寿⑬，而范雎以为忧；然则秦之所忌者，可以见矣。秦之用兵于燕、赵，秦之危事也。越、韩过魏而攻人之国都，燕、赵拒之于前，而韩、魏乘之于后，此危道也。而秦之攻燕、赵，未尝有韩、魏之忧，则韩、魏之附秦故也。夫韩、魏诸侯之障，而使秦人得出入于其间，此岂知天下之势耶？委区区之韩、魏，以当强虎狼之秦，彼安得不折⑭而入于秦哉？韩、魏折而入于秦，然后秦人得通其兵于东诸侯，而使天下遍受其祸。

夫韩、魏不能独当秦，而天下之诸侯，藉之以蔽其西，故莫如厚韩亲魏以摈秦。秦人不敢逾韩、魏以窥齐、楚、燕、赵之国，而齐、楚、燕、赵之国，因得以自完于其间矣。以四无事之国，佐当寇之韩、魏，使韩、魏无东顾之忧 ⑮，而为天下出身 ⑯ 以当秦兵。以二国委 ⑰ 秦，而四国休息于内，以阴助其急，若此可以应夫无穷 ⑱。彼秦者将何为哉？不知出此，而乃贪疆场 (yì) ⑲ 尺寸之利，背盟败约 ⑳，以自相屠灭 ㉑，秦兵未出，而天下诸侯已自困矣。至于秦人得间其隙以取其国，可不悲哉！

【注释】

① 愚：古人谦虚，以"愚"自称，等于"我"。

② 六国：战国时秦岭以东的燕、赵、韩、魏、齐、楚六国。

③ 世家：《史记》上诸侯王公大臣世代的记载，等于是一个家族的历史。

④ 窃：私下。

⑤ 发愤：奋发，奋勇。

⑥ 山西千里之秦：山，指崤山。秦国在崤山西边，占有现在陕西西安以西的地方，称为关中，沃野千里。

⑦ 不免于灭亡：秦始皇十七年（前230）灭韩国，十九年灭赵国，二十三年灭魏国，二十四年灭楚国，二十五年灭燕国，二十六年灭齐国。

⑧ 咎：归罪。

⑨ 腹心之疾：就是"心腹之患"，这里是比喻对方地形的险要，对自己形成很大的威胁。

⑩ 范雎：魏国人，先在魏中大夫须贾手下做事，后来改名张

禄，游说秦昭王用远交近攻的计策对付六国诸侯，因此拜为丞相，封应侯。

⑪ 商鞅：卫国人，秦孝公的丞相，主持变法，使秦国十分富强，封于商（现在陕西商县一带），号商君。有时又称他为卫鞅。

⑫ 昭王：名稷。

⑬ 刚寿：现在的山东寿张县。

⑭ 折：屈，屈服。

⑮ 东顾之忧：顾虑东边国境上的外患。

⑯ 出身：献出他的生命。

⑰ 委：对付。

⑱ 应夫无穷：应付那无穷的变化或变乱。

⑲ 疆场：边境。

⑳ 背盟败约：周显王三十六年（前333），苏秦游说六国，结成合纵（联合南北各国）的盟约，来对抗秦国。秦国派张仪到各国提倡连横（连结西方的秦国）的政策，分化齐、楚，威胁、诱骗韩、赵、魏三国，终于发生功效，周赧（nǎn）王二年（前313），楚国跟齐国绝交，合纵的盟约也就瓦解了。

㉑ 自相屠灭：自相残杀。

【译述】

我曾读过《史记》六国《世家》，私下责怪六国的诸侯，以比秦国大四五倍的土地，十倍的军队，奋勇向西，攻打崤山西边千里平原的秦国，反而逃不了灭亡的命运，我常为他们仔细盘算，以为一定有可以保全自己的计策；因而不能不归罪于当时的谋士，他们考虑问题实在太不周密了，只晓得注意眼前的小利，目光短浅，根本看不到天下的大势。

秦国和各国诸侯争夺天下的重点，不在齐、楚、燕、赵那几个国家，而在韩、魏的边境上，诸侯和秦国争夺天下的重点，也不在齐、楚、燕、赵各国，而在韩、魏的边疆上；韩、魏两个国家，对秦国来说，就好像人在心脏和腹部有了疾病一样。韩、魏堵塞住了秦国的要道，却屏障了崤山以东的诸侯。所以天下人所重视的，没有超过韩、魏两国的了。

从前秦昭王用了范雎，就攻打韩国，秦孝公用了商鞅，就攻打魏国。昭王没得到韩、魏的归心，却出兵去攻打齐国的刚寿，范雎为这担忧；那么秦国所顾忌的，由此可以看清了。秦国对燕、赵用兵，实在是危险的事。越过韩国、魏国去攻打人家的国都，燕、赵在前头抗拒它，韩、魏又乘机会在后边攻击它，所以说这是冒险的做法。可是秦国攻打燕、赵，毫不担心韩、魏，那是因为韩、魏先已经归附秦国的缘故。韩、魏两国本来是诸侯的屏障，却让秦国的军队自由出入他们的国境，这哪里是懂得天下的大势呢？丢下小小的韩、魏，让他们去抵挡虎狼似的强秦，他们怎么能不屈服而倒向秦国的怀抱呢？韩、魏屈服而倒向秦国，然后秦国人就可以派军队通过他们的国境，去攻打东边的诸侯，使天下普遍蒙受他们的祸害。

韩、魏两国不能单独抵抗秦国，而天下各国的诸侯却要靠他们掩蔽西边，所以最好亲近韩、魏来抵抗秦国。秦国人也就不敢跨越韩、魏，来动齐、楚、燕、赵四国的脑筋，那么齐、楚、燕、赵四国，就可以自我保全了。以这样四个没有外患的国家，帮助面临敌寇的韩、魏，使韩、魏没有东面的忧虑，替天下人挺身出来抵挡秦军。以韩、魏两国来对付秦国，其余四国在后边休息，暗中援助他们，像这样就可以应付无穷的变化了，那秦国还能怎么样呢？不晓得采用这种计谋，却贪图边境上小小土地的利益，违背盟誓，破坏条约，甚至自家人互相残杀，秦国的军队还没有来，六国诸侯已经各自疲困了。这样一来，秦国人就抓住大好的机会，消灭他们的国家，岂不是让人痛心的事吗？

【赏析】

这是一篇论说文，讨论历史上一桩重大的事件：秦国为什么会灭亡六国。

苏辙的父亲也曾写过一篇《六国论》，大意是说明六国灭亡的原因，在于不能合纵到底，不能坚决抵抗秦国，而纷纷地谄媚强敌，使秦国不必出兵，就已日渐壮大。苏洵写那篇文章，显然是针对北宋仁宗时对辽国、西夏的软弱政策，而作了一番沉痛的讽刺。

苏辙这篇《六国论》则说明六国被灭的原因，是在于当时六国的谋士，不了解天下的大势。他主张六国密切配合，让韩、魏作先锋，其他四国作后援，使秦国没法向东出兵，六国就可以长久保全了。其实这还是苏秦合纵的构想，不过苏辙发挥得比父亲更透彻而已。

全文可分四段：

第一段开章明义，由作者读《史记》的感想说起，责怪六国谋士眼光短浅，头脑简单，不明白天下大势。文气酣畅，毫不保留。

第二段分析韩、魏两国在六国对付秦国的攻防战中的重要性，反复申论，以"腹心之疾"为喻。

第三段以当年范雎、商鞅的事来说明韩、魏始终是秦国盛衰的关键，又以范雎的担忧来强调秦国的顾忌，可说是步步为营，使读者不能不由疑而信。然后再就六国的当前局势，从正、反两面分析讨论：正面是"韩、魏乘之于后"，使秦国危险；反面的情形是"韩、魏附秦"，而使天下遍受秦国的祸害。

第四段再作详细地安排部署，并惋惜六国只见眼前小利，上了秦国的大当，背盟的结果就是灭亡，只留下后人的无限痛心和惆怅。

全文说理清晰，文势始终不衰，是子由议论文中的代表作。

上枢密韩太尉书

太尉执事[①]：辙生好为文，思之至深，以为文者气[②]之所形。然文不可以学而能，气可以养而致。孟子曰："吾善养吾浩然之气。"[③]今观其文章，宽厚宏博[④]，充乎天地之间，称其气之小大。太史公[⑤]行天下，周览[⑥]四海名山大川，与燕、赵[⑦]间豪俊交游；故其文疏荡[⑧]，颇有奇气。此二子者，岂尝执笔学为如此之文哉？其气充乎其中，而溢乎其貌，动乎其言，而见（xiàn）乎其文[⑨]，而不自知也。

辙生十有九年矣。其居家所与游者，不过其邻里乡党[⑩]之人，所见不过数百里之间，无高山大野可登览以自广[⑪]。百氏之书虽无所不读，然皆古人之陈迹，不足以激发其志气。恐遂汩（gǔ）没[⑫]，故决然舍去，求天下奇闻壮观，以知天地之广大。

过秦汉之故都[⑬]，恣观[⑭]终南[⑮]、嵩（sōng）、华[⑯]之高；北顾黄河之奔流，慨然想见古之豪杰。至京师[⑰]，仰观天子宫阙之壮，与仓廪（lǐn）府库[⑱]，城池苑囿之富且大也，而后知天下之巨丽。见翰林欧阳公[⑲]，听其议论之宏辩，观其容貌之秀伟，与其门人贤士大夫游，而后知天下之文章聚乎此也。

太尉以才略[⑳]冠天下，天下之所恃以无忧，四夷之所惮以不敢发[㉑]。入则周公、召公[㉒]，出则方叔、召虎[㉓]，而辙也未之见焉。且夫人之学也，不志其大，虽多而何为？辙之来也，于山见终南、嵩、华之高，于水见黄河之大且深，于人见欧阳公，而犹

265

以为未见太尉也！故愿得观贤人之光耀，闻一言以自壮，然后可以尽天下之大观而无憾者矣。

辙年少，未能通习吏事。向^㉔之来，非有取于升斗之禄^㉕；偶然得之，非其所乐。然幸得赐归待选^㉖，使得优游数年之间，将以益治其文，且学为政。太尉苟以为可教而辱教之^㉗，又幸矣。

【注释】

① 执事：对人的尊称，原意是左右办事的人员。书信中习用的敬辞，表示不敢直接跟对方说话，只敢请左右的人转达的意思。

② 气：意义很广泛，在这里可以解释作"精神"或"气质"。

③ "吾善养吾浩然之气"：出自《孟子·公孙丑上》。

④ 宽厚宏博：宽大温厚、宏深广博的气象。

⑤ 太史公：指司马迁，曾做过太史令，所以有这一尊称。

⑥ 周览：看遍。

⑦ 燕、赵：燕，现在河北省的南部。赵，现在山西省的北部。古代在这里聚集了不少侠义的人。

⑧ 疏荡：潇洒豪壮。

⑨ 见乎其文：表现在他的文章里。

⑩ 邻里乡党：就是乡里邻居。周朝的制度是这样的：五家是一邻，二十五家是一里，一万二千五百家是一乡，五百家是一党。

⑪ 自广：增广自己的见闻。

⑫ 汩没：灭没，沉没，堕落。

⑬秦汉之故都：秦国的京都在咸阳，就是现在的陕西咸阳市。西汉的京都在长安，就是现在的陕西西安市。

⑭恣观：任意观赏。

⑮终南：就是终南山，又叫南山、秦山、秦岭。横亘在关中南部。

⑯嵩、华：中岳嵩山，在河南登封市北。西岳华山，在陕西华阴市南。

⑰京师：北宋京都汴京，就是现在的河南开封。

⑱仓廪府库：仓廪，储藏粮食的地方。府库，收藏文书、钱财、布帛的地方。

⑲翰林欧阳公：指欧阳修，因为他曾做过翰林院侍读学士。

⑳才略：才能和计谋。

㉑发：发兵。

㉒入则周公、召公：在朝廷里就像周公旦、召公奭当年辅佐周武王平定天下。

㉓出则方叔、召虎：带兵在外，就像方叔、召虎，当年为周宣王平定蛮夷，中兴周朝。方叔，宣王的大将，奉命南征，使楚蛮投降。召虎，召公的后代，是宣王的大臣，讨伐淮夷有功。

㉔向：从前，前一阵子。

㉕升斗之禄：有限的薪水。

㉖待选：等候吏部铨选任官。

㉗辱教之：屈身教我。辱，委屈自己。

【译述】

太尉左右：我生性喜欢写文章，曾经反复深入地思考过，以为文章是一个人的人格和气质的表现。但是文章不是单靠学习就可以写好的，而人格和气质是可以好好培养的。孟子说："我善于培养我堂堂正正的精神。"现在我们读他的文章，真是宽厚博大，好像充满了整个世界，正流露出他精神的伟大。司马迁走遍天下，到处游览名山大江，和燕、赵一带的豪杰交游，所以他的文章洒脱豪放，十足表现了奇特的气质。这两位古人，什么时候曾特地下工夫学写这样的文章呢？他们的精神充溢在身体内，自然流露到外表上，表现在言语中，抒写在文字里，而自己还不大觉得呢。

我已经十九岁了。平常结交来往的人不过是一些同乡和邻居，所看到的只不过附近几百里的地方，没有高山旷野可以让我去登临远望来增长自己的见识。诸子百家的书，我虽然一本本地读，可是那些到底只是古人的遗迹，不大能激发我的志向和精神。恐怕这样长久下去，会消沉了我的志气，所以我决定离开家乡，探访天下的奇闻壮观，也好了解天地的广大。

我经过当年秦、汉的京都咸阳、长安，尽情地观赏终南山、嵩山、华山的高大雄伟，北边瞻望黄河的奔流，想见古代的豪杰，不禁引起很大的感慨。到了京都，仰观天子宫殿的壮丽堂皇，仓库、城池、园囿的富足和高大，这才知道天下的广阔壮丽。拜见翰林欧阳永叔先生，听到他议论的宏大渊博，瞻仰他容貌的清秀魁伟，跟他的门人贤士大夫交游，这才知道天下的文章精华都聚集在这儿了。

太尉的才能智谋是天下无双的，天下全靠了您才没有忧患，四方的外邦也怕您，所以不敢发兵扰乱。您一上朝，就像周公、召公辅佐武王安定天下，您出外带兵，就像方叔、召虎为周宣王平定外邦，但是我还没有拜见过您。一个人求上进，要是不效法伟大的人物，哪怕学问再多，又有什么用呢！我来到这儿，在山岳方面，看到了终南山、嵩山、华山的高大，在河川方面，看到黄河又阔又深；在人物方面，拜见过欧阳修，但是还没机会拜见太尉！所以希望能瞻仰您这位贤人的丰采，听您一次谈话，来壮大自己的志向，然后才算见过天下的大世面而没什么遗憾了。

我年纪小，还没能够学通政事。这次来京都，并不是想谋得一官半职。偶然考中了，也不觉得特别高兴。幸而得到恩准，回家等候任官的命令，使我能再悠闲自在地过几年，我将回去再锻炼自己的文章，同时学习办公事。太尉如果认为我可以教诲而屈身开导我，那该是我最庆幸的事了。

【赏析】

这是一篇书信。宋仁宗嘉祐二年，苏辙跟哥哥苏轼一起考取进士，很受考官欧阳修的器重。由于子由的年纪只有十九岁（实足十八岁），相当于现在的高中毕业生，所以朝廷命令他先回乡，等待以后的任命。于是他在京都给当时掌权的枢密使韩琦写了这封信，表示他的志愿，也显露一下他的才华。

给一个从来没有见过面的陌生人写信，是一件困难的事情，尤其对方又是一位大官，写信的人更会觉得冒昧、惶恐，何况对方会了解：你写信来不只是表示仰慕的意思，多少还希望对自己有机会能提拔提拔，栽培栽培，这就更难下笔了。

子由很巧妙地由写文章必须"养气"说起，由古到今，由人及己，把话引上正题，终于说出希望见见对方、希望对方教导自己的心意，可说是相当委婉，相当高明。

全文共分五段：

第一段完全讨论文章与养气的关系。认为一个人修养到家，精神洋溢，文章自然高妙，举孟子、司马迁两位大家为例，指出周游、交友是养气的最重要方法。表面上是讨论一个客观的问题，其实是为下文伏下一些有用的线索，可以说是"蓄势待发"。

第二段说明自己离开家乡的理由——直接扣住上段的周游、交友二目的，也就是要开阔自己的心胸和见识。这样一推展，作者的目的地就接近多了。

第三段叙述他到关中来的见闻和经历：有山、有水、有城池、有宫殿，还有伟大的人物。但人物只说到欧阳修和他门下的贤士，便戛然而止，其实这一暂停，正是为下一幕展开序幕。

第四段才是正场戏：太尉。歌颂书信的对象，必须不流于空泛或肉麻。周公、召公、方叔、召虎，集于一人身上，是否有点过分？幸而文章写到这儿，作者又巧妙地一转，往自己身上说，再度强调自己的上进心和志向，然后再以高山、黄河、欧阳修烘托太尉，好像"太尉"是群山的巅峰，而作者是一个爬山的人。

第五段又把话说得更清楚些，流露出求教的心意，并表示自己是一个想做大事而不在乎做不做大官的人，含蓄却又清晰，自信却又谦逊，真是"汪洋澹泊"的好文章。

黄州快哉亭记

　　江出西陵①始得平地，其流奔放肆大；南合沅、湘②，北合汉、沔③，其势益张；至于赤壁④之下，波流浸灌，与海相若。清河⑤张君梦得谪居齐安⑥，即其庐之西南为亭，以览观江流之胜，而余兄子瞻，名之曰"快哉"。

　　盖亭之所见，南北百里，东西一舍⑦，涛澜汹涌⑧，风云开阖⑨，昼则舟楫出没于其前，夜则鱼龙悲啸于其下，变化倏（shū）忽⑩，动心骇目⑪，不可久视。今乃得玩⑫之几席之上，举目而足。西望武昌⑬诸山，冈陵⑭起伏，草木行列，烟消日出，渔夫樵父之舍，皆可指数，此其所以为快哉者也。至于长洲之滨，故城之墟，曹孟德⑮、孙仲谋⑯之所睥睨（pì nì）⑰，周瑜⑱、陆逊⑲之所骋骛（wù）⑳，其流风遗迹，亦足以称快世俗。

　　昔楚襄王㉑从宋玉㉒、景差（cuō）㉓于兰台之宫㉔，有风飒（sà）然㉕至者。王披襟㉖当之，曰："快哉此风！寡人㉗所与庶人共者耶？"宋玉曰："此独大王之雄风耳，庶人安得共之？"玉之言，盖有讽焉：夫风无雌雄之异，而人有遇不遇之变；楚王之所以为乐，与庶人之所以为忧，此则人之变也，而风何与焉？

　　士生于世，使其中不自得，将何往而非病？使其中坦然，不以物伤性㉘，将何适㉙而非快？今张君不以谪为患，窃会计㉚之余功，而自放山水之间，此其中宜有以过人者。将蓬户瓮牖（wèng yǒu）㉛，无所不快；而况乎濯长江之清流，揖西山之白雪，穷耳目之胜㉜

272

以自适^㉝也哉？不然，连山绝壑，长林古木，振之以清风，照之以明月，此皆骚人、思士^㉞之所以悲伤憔悴而不能胜（shēng）^㉟者，乌睹其为快也哉？

【注释】

① 江出西陵：江，指长江。西陵，巫山三峡之一，在现在湖北宜昌市西北。

② 沅、湘：沅水源出贵州瓮安县，东流进入湖南省，分几道注入洞庭湖。湘水源于广西兴安县，向东北流进湖南省，注入洞庭湖。

③ 汉、沔：汉水源出陕西宁羌县，经汉阳注入长江。汉水的上流叫沔水。

④ 赤壁：在湖北黄冈市城外，又叫赤壁矶。

⑤ 清河：现在的河北清河县。

⑥ 齐安：这里就是指黄州，宋代属于齐安郡。

⑦ 一舍：三十里叫一舍。

⑧ 汹涌：水势很大很猛的样子。

⑨ 开阖：聚散。

⑩ 倏忽：快速的样子。

⑪ 骇目：眼睛一看见就感到惊骇。

⑫ 玩：欣赏。

⑬ 武昌：现在的湖北武汉市武昌区，在长江南岸。

⑭ 冈陵：山脊叫冈，土坡叫陵。

⑮ 曹孟德：就是曹操，孟德是他的字。

⑯ 孙仲谋：就是孙权，三国吴国第一个君主，仲谋是他的字。

⑰ 睥睨：傲慢地斜眼看人的样子。

⑱ 周瑜：三国吴国的大将，赤壁之战的主帅。

⑲ 陆逊：也是吴国的大将，后来做吴国的宰相。

⑳ 骋骛：就是驰骋的意思。骛，奔驰。

㉑ 楚襄王：楚怀王的儿子，名横，在位三十六年，死后谥顷襄王。

㉒ 宋玉：战国楚国人，屈原的学生，写过《神女赋》《高唐赋》等，也是楚辞的大家。

㉓ 景差：战国楚国人，顷襄王的臣子，喜欢辞赋，效法屈原，跟宋玉齐名。

㉔ 兰台之宫：兰台，地名，在现在的湖北钟祥市。宋玉《风赋序》："楚襄王游于兰台之宫，宋玉、景差侍（在一旁伺候），有风飒然而至。"

㉕ 飒然：风声。

㉖ 披襟：打开衣襟。

㉗ 寡人：寡德的人，德行不太好的人，是古代诸侯的谦称。

㉘ 以物伤性：受了外物诱惑，因而损害自己的天性。

㉙ 适：往，去，到。

㉚ 会计：总计和考核，引申为日常的政务。

㉛ 蓬户瓮牖：比喻穷人家。蓬户，以蓬草编成的门户。瓮牖，用破瓮（瓦罐）做窗，也有人说是窗子小得像瓦罐的意思。

㉜胜：美景。

㉝自适：自得，自得其乐。

㉞骚人、思士：骚人，诗人。思士，哲学家，思想丰富的人，也可以指文人。

㉟胜：忍受，承担。

【译述】

长江出了西陵峡，才进入一片平原，它的水流也更宽大自由；南面汇合了沅水、湘水，北面汇合了汉水、沔水，水势格外浩瀚；到了赤壁下头，各方的水都灌注在一起，好像大海一样。清河人张梦得先生贬官到齐安郡，在他的寓所西南造了一座亭子，用来观赏江水的美景，我的哥哥子瞻给它起了个名字，叫作"快哉亭"。

由亭子里向外看，可以看到南北一百里，东西三十里，波涛汹涌，风云聚散，白天有船在它前边出没，晚上有鱼龙在它下边怪叫，景色变化得很快，看了叫人心惊胆战，不敢凝视得太久。现在却能够坐在桌子旁的席上欣赏，放眼看个饱。向西边眺望武昌一带的山，山峰高低起伏，草木一行行地排列着，烟雾消散，太阳就出来了，渔夫和樵夫的房子，可以一家家数个清楚，这就是它称为快哉亭的原因了。至于沙洲的边上，故城的旧址，是曹操、孙权当年称雄的地方，也是周瑜、陆逊往来奔驰的地方，他们的流风遗迹，也足够教后世的人叫好。

从前楚襄王带着宋玉、景差到兰台宫里，刚好有一阵风飒飒地吹过来。楚襄王打开衣襟，迎着风说："好痛快啊，这阵大风！这可是我跟老百姓一起享受的？"宋玉接着说："这是大王一个人独享的'雄风'，老百姓怎么能一起享受呢？"宋玉的话大概暗中带着讽刺的意味。其实风根本没有雌雄的分别，但是人倒是有得意和不得意的差异。楚王感到快乐，老百姓感到忧愁，这都是人事上的不同变化所造成的，跟风又有什么关系呢？

人活在世界上，假如他心里不痛快，到哪里能不感伤呢？假使他心里坦荡荡的，不受外物的影响而伤害自己的天性，到哪里能不快活呢？现在张先生不因为被贬而感到忧伤，利用公余的时间，把自己的心灵寄托在山水间，这是他内在的修养有超过别人的地方。就算是拿蓬草编门、用破罐做窗，日子也不会不快乐，何况还能在长江的清流中洗涤自己的心胸，把西山的雪邀请来作朋友，还有看不完的景色、听不腻的音声来自我陶醉呢？要不然，绵亘的山，断隔的深谷，广大的森林，古老的树木，在清风的吹拂下，明月的照耀下，都足以使诗人、哲人悲伤消瘦得受不了，哪里还有什么可乐的呢？

【赏析】

这是一篇记述文，是游记，也是人生杂记。

苏辙在宋神宗元丰六年（1083）十一月初一所作，那年他四十五岁，正是成熟的中年。这篇文章是特地为他朋友所筑的快哉亭写的。这座游憩的亭子似乎象征了一种人生观，有点近乎苏轼在《前赤壁赋》里所表现的。

全文共分四段:

第一段写快哉亭的背景、兴建的经过以及命名的由来。开头的写法有点学《山海经注》,气势也很充沛,好像读者也已经身历其境。

第二段介绍亭的视野,四面八方,白天晚上都说到了,又联想起三国时代那些英雄豪杰,他们的流风遗迹,使江山更增光辉。同时比较有亭、无亭的不同,使快哉亭的身份更因江景的不凡而显得不凡。

第三段突然跳开去,远写古代楚襄王君臣的故事,由襄王、宋玉的一问一答,写照出人间的苦乐悬殊,证明大自然的景物不是最大的关键,人事的变化才是最重要的因素。风没有雌雄之别,人却有贵贱乐忧的不同,影射快哉亭是一个与大家同乐的地方。

第四段紧接第三段,一方面赞美主人张梦得的不平凡胸襟,一方面也提倡坦然不为外物伤害本性的人生态度。有些诗人文人,心胸不够开豁,即使有再多的美景,也只能使他更加多愁善感,其实只要一念的转变,便能“无所不快”了。这一段又有一点像范仲淹《岳阳楼记》的最后一段,只不过子由没有特别强调“先天下之忧而忧”的人生观罢了。

全文一共用了七个“快”字,第一、三段各一个,第二段两个、最后一段三个,但句法完全不同:“名之曰‘快哉’”“此其所以为快哉者也”“亦足以称快世俗”“快哉此风!”“将何适而非快？""无所不快""乌睹其为快也哉？"有的当作名词用，有的当作形容词用，而且轻重节奏也不同，这正显示了作者运用文字的功力。再看他所安排的这七个字的前后位置，也是别具匠心、恰到好处。

《中国历代经典宝库》总目